ULLSTEIN

W0410770

ÜBER DAS BUCH:

Sollte die Ungeheuerlichkeit wahr sein, sollte es ihn wirklich geben, einen zweiten . . . Justus Jonas? Jan, der sich aus Angst vor hinterhältigen Gaunern auf dem Schrottplatz einquartiert hat, weiß nicht, daß er dadurch die drei ???, und vor allem sein Ebenbild Justus, in große Schwierigkeiten bringt. Gefahr und Chaos lauern auf Schritt und Tritt. Justus wird an Jans Stelle von den Männern geschnappt und eingesperrt. Rätselhafte Botschaften! Politische Intrigen über Länder und Kontinente! Lebensgefährliche Irrtümer! Ein Gegner, der sich beinahe in der abgeschirmten Geheimzentrale der Nachwuchsdetektive einnistet!

Nun ist es an der Zeit, daß Bob und Peter beweisen können, daß sie auch ohne ihren Chef richtig und überlegt handeln können. Eine wilde Verfolgungsjagd beginnt, denn es geht um Minuten.

ALFRED HITCHCOCK
DIE DREI ???

und der Doppelgänger

Erzählt von William Arden
nach einer Idee
von Robert Arthur

ULLSTEIN

Ullstein Buch Nr. 23368
im Verlag Ullstein GmbH,
Frankfurt/M – Berlin
Titel der Originalausgabe:
Alfred Hitchcock and the
Three Investigators in The
Mystery of the Deadly Double
Aus dem Amerikanischen übertragen
von Leonore Puschert

Ungekürzte Ausgabe

Umschlaggestaltung:
Theodor Bayer-Eynck
Umschlagillustration:
Marion Brandes
Alle Rechte vorbehalten
© 1978 by Random House, Inc., New York
© der deutschen Ausgabe 1982
by Franckh'sche Verlagshandlung,
W. Keller & Co., Stuttgart
Printed in Germany 1994
Druck und Verarbeitung:
Ebner Ulm
ISBN 3 548 23368 6

August 1994
Gedruckt auf alterungs-
beständigem Papier mit
chlorfrei gebleichtem Zellstoff

Die Deutsche Bibliothek –
CIP-Einheitsaufnahme

Arden, William:
Die drei ??? und der Doppelgänger / erzählt von William Arden nach einer Idee von Robert Arthur. Alfred Hitchcock. [Aus dem Amerikan. übertr. von Leonore Puschert]. – Ungekürzte Ausg. – Frankfurt/M; Berlin: Ullstein, 1994
(Ullstein-Buch; Nr. 23368)
ISBN 3-548-23368-6
NE: GT

Vom selben Autor
in der Reihe
der Ullstein Bücher:

Die drei ??? und die singende Schlange (22721)
Die drei ??? und die rätselhaften Bilder (22758)
Die drei ??? und der Zauberspiegel (22774)
Die drei ??? und der tanzende Teufel (22792)
Die drei ??? und die Silbermine (22807)
Die drei ??? und die bedrohte Ranch (22823)
Die drei ??? und der lachende Schatten (22860)
Die drei ??? und der höllische Werwolf (22878)
Die drei ??? und der Ameisenmensch (22899)
Die drei ??? und der Teufelsberg (22916)
Die drei ??? und die flammende Spur (22931)
Die drei ??? und die schwarze Katze (22945)
Die drei ??? und der Superwal/und das Gold der Wikinger/und der Phantomsee (Dreifachband 23156)
Die drei ??? und die Automafia (23251)
Die drei ??? und der verschwundene Filmstar (23252)
Die drei ??? und die Geisterinsel (23253)
Die drei ??? und der sprechende Totenkopf (23255)
Die drei ??? und der unheimliche Drache (23293)
Die drei ??? und der Fluch des Rubins (23294)
Die drei ??? und die Comic-Diebe (23304)
Die drei ??? und der grüne Geist (23334)

Inhaltsverzeichnis

Eine haarsträubende Neuigkeit

Freunde spannender Lektüre, laßt euch warnen!
Bei diesem neuen Abenteuer unseres Detektivteams »Die drei???« müßt ihr euch auf einen Anblick gefaßt machen, der selbst mich vor Unbehagen schaudern läßt! Sollte es ihn wahrhaftig geben, einen zweiten ...? Nein, ich bringe es nicht über die Lippen, das mir bislang Unvorstellbare! Reden wir lieber von anderen Dingen dieses dramatischen Geschehens.
Ein ganz normaler Ausflug zu einem berühmten Vergnügungspark mündet in einen Alptraum, der von unserem Trio auf der Stelle volle Einsatzbereitschaft fordert. Gefahr und Chaos lauern auf Schritt und Tritt, doch unbeirrt versuchen die Jungen, ein verabscheuungswürdiges Verbrechen aufzuklären. Menschenraub! Rätselhaft verschlüsselte Botschaften! Politische Intrigen über Länder und Kontinente! (Und über manchen Fingerzeig könnten unsere Helden geradezu stolpern!) Lebensgefährliche Irrtümer! Die gewundenen Pfade eines Jungen auf der Flucht! Ein Gegner, der sich beinahe in der abgeschirmten Zentrale der drei ??? einnistet! Fast sind unsere Nachwuchsdetektive mit alledem überfordert. Alle drei Jungen müssen bei diesem Fall ihre Verstandeskräfte mobil machen.
Der superschlaue, gewichtige Justus Jonas – diesmal in eigener Person ein ratloses Angriffsziel für Kriminelle – ist zeitweilig außerstande, die Leitung des Teams rund um die Uhr zu gewährleisten. Also muß der Sportsmann Peter Shaw seinen inneren Widerwillen überwinden und eine Rolle übernehmen, die viel Wagemut erfordert. Und Bob Andrews, der fleißige Rechercheur der drei ???, erhält seine Chance und darf beweisen, daß er ebenso gewitzt wie zuverlässig ist.
Zwischen der verborgenen Zentrale im Campinganhänger auf dem Schrottplatz der Firma Jonas und der mexikanischen Grenze

spielt sich eine Verfolgungsjagd ab, und die drei ??? sind abwechselnd Jäger und Gejagte. Am Ende läuft alles darauf hinaus, daß – aber nein! Noch immer scheue ich mich, von der überraschenden Tatsache zu sprechen, um die sich bei diesem Abenteuer alles dreht. Noch immer ist dies eine geradezu groteske Vorstellung für mich! Nein, dieses Aha-Erlebnis überlasse ich meinen Lesern.

Im übrigen zeichnet sich dieser Fall durch eine weitere Besonderheit aus, auf die ich ebenfalls aufmerksam machen muß: Ein Land in Afrika namens Nanda. Sucht bitte nicht im Atlas und im Lexikon. Ihr würdet es nicht finden. Wir mußten Rücksicht nehmen und einige Personen- und Ortsnamen in der Nacherzählung ändern. Nämlich: ein Bericht über Ereignisse, die durch einen absurden, geradezu unglaubhaften Zufall (Stichwort »Doppelgänger«!) eine so überraschende Wende nehmen und mit so vielen zusätzlichen Komplikationen belastet werden, würde den Beteiligten in der Öffentlichkeit eine Art kurioser, augenzwinkernd kommentierter Berühmtheit verschaffen, auf die sie wenig Wert legen, da es im Grunde um selbstverständliche, sehr ernste Dinge geht: Menschenrechte, Menschenwürde, Freiheit.

Deshalb haben sich die drei ??? mit mir zusammen dafür entschieden, daß wir Tarnbezeichnungen verwenden – was ja der Spannung und der realistischen Atmosphäre keinen Abbruch tut.

Also auf ins Geheimnis, ins Abenteuer!

Alfred Hitchcock

Falscher Alarm

»Keine Bewegung!« rief Peter Shaw.
Bob Andrews und Justus Jonas erstarrten. Die Jungen waren in ihrer geheimen Zentrale in dem alten Campinganhänger, dem Sitz ihrer Nachwuchs-Detektivfirma »Die drei ???«. Das ausrangierte Gefährt war sorgfältig hinter Bergen aus Schrott und Trödelkram auf dem Lagerhof der Firma »Gebrauchtwaren-Center T. Jonas« versteckt, aber es bestand doch immer die Gefahr, daß jemand zufällig an einen der Geheimeingänge geriet. Bob und Justus schauten sich wachsam in dem kleinen Büroraum um und horchten gespannt. Hatte Peter etwas Bedrohliches vernommen?
»Was gibt's denn, Peter?« flüsterte Bob.
Peter starrte seine beiden Freunde erbittert an. »Da hat jemand«, erklärte er, »mein Essen geklaut! Die belegten Brote, die ich mir mitgebracht hatte!«
Bob riß den Mund auf. »Dein Essen? Und deshalb schreist du hier herum?«
»Dein Essen, Kollege?« wiederholte Justus ungläubig.
Der Zweite Detektiv lachte. »War ja nur Spaß. Aber abgesehen davon ist mir mein Magen schon wichtig. Allmählich bekomme ich Hunger.«
»Bißchen dürftig für einen Spaß«, sagte Justus nüchtern. »Falscher Alarm ist eine gefährliche Sache. Ihr kennt ja die Geschichte von dem Jungen, der vor dem Wolf warnte. Solche Späße können . . .«
Justus, der superkluge Anführer der drei ???, konnte so recht pedantisch werden und kam dann mit Vorliebe ins Dozieren. Bob oder Peter mußten ihn öfter auf den Boden der Tatsachen herunterholen.
»Mit schönen Reden ziehst du deinen Kopf nicht aus der Schlinge«, unterbrach ihn Peter. »Der Fall ist klar: du hast dir einen klei-

nen Imbiß genehmigt, während Bob und ich draußen in der Werkstatt waren. Du selber hast mir das Essen geklaut!«
Justus lief rot an. »Hab' ich nicht!« rief er empört. In Anbetracht seines Übergewichts, das im übrigen nicht allzusehr auffiel, haßte der Erste Detektiv jede Anspielung darauf, daß er zu viel zu essen pflegte.
Aber Peter blieb bei seiner Behauptung. »Na, dann war's eben jemand anders.«
»Vielleicht hast du es zur Werkstatt mit hinausgenommen und dort liegenlassen«, meinte Bob.
»Das kann uns jetzt egal sein«, äußerte Justus, der seine Selbstsicherheit wiedergewonnen hatte. »Wir haben noch nicht beschlossen, wohin es morgen gehen soll. Das ist für uns die letzte Möglichkeit, etwas Interessantes zu unternehmen, ehe die Schule wieder anfängt. Da zur Zeit anscheinend niemand vorhat, uns mit irgendwelchen Ermittlungen zu beauftragen, und da wir den ganzen Sommer über auf dem Schrottplatz geschuftet haben, finde ich, sollten wir einen richtig schönen Ausflug machen. In Disneyland waren wir alle schon so oft, also schlage ich vor, daß wir nach Magic Mountain fahren. Da bin ich noch nie gewesen.«
»Ich auch nicht«, sagte Peter. »Wie ist es denn da?«
»Es ist einer der größten und schönsten Vergnügungsparks der Welt – das reicht doch«, sagte Bob begeistert. »Die vielen Figuren und Bauten wie in Disneyland gibt es dort nicht, aber dafür allein vier Achterbahnen. Auf der einen fährt man einmal senkrecht im Kreis herum! Und dann gibt's noch zwei Wasserrutschbahnen, da wird man klitschnaß gespritzt! Und dann ein Super-Riesenrad mit einem enormen Durchmesser, und vielleicht noch dreißig andere tolle Karussells und Bahnen – und das alles auf die Eintrittskarte. Kein Fahrscheinblock und so was. Wenn man einmal drinnen ist, kann man fahren, soviel man will.«
»Hört sich nicht schlecht an«, meinte Peter.
»Dann ist das also klar«, entschied Justus. »Und wir machen uns den Extra-Spaß und fahren im großen Stil hin – mit dem Rolls-

Royce! Ich habe Morton schon angerufen, und der Wagen ist morgen verfügbar.«

»Mannomann!« sagte Bob lachend. »Die werden denken, wir sind Millionäre! Ich kann's kaum erwarten, wie die alle schauen werden, wenn wir da angerollt kommen.«

»Falls ich das überhaupt noch erlebe!« Peter stöhnte. »Ich bin am Verhungern. Los, sagt schon, wo habt ihr Burschen mein Überlebenspäckchen versteckt?«

»Wir haben es nicht versteckt, Peter«, wehrte Bob entschieden ab.

»Kein Mensch hat deine Verpflegung angerührt, Kollege«, sagte Justus, nun doch erbost. »Wahrscheinlich hast du sie ja doch zur Werkstatt mitgenommen. Dann suchen wir mal lieber dort, sonst kommen wir mit unseren Plänen gar nicht mehr zu Rande.«

Gesagt, getan. Justus hob die Luke im Fußboden des Anhängers und zwängte sich in Tunnel II hinab. Dieser war der Hauptzugang zur Zentrale und bestand aus einer weiten Metallröhre, die unter dem Anhänger und dem umgebenden Gerümpel hindurchführte. Peter, der groß und kräftig war, mußte sich jedesmal platt auf den Bauch legen, wenn er sich in die Röhre einschleusen wollte, aber hinter dem keuchenden, übergewichtigen Chefdetektiv schlüpfte er vergleichsweise leicht hindurch. Bob, der kleinste, hatte beim flinken Durchkrabbeln als Schlußlicht keinerlei Probleme.

Sie kamen in Justs Freiluftwerkstatt heraus, die vorn in einer an die Straße grenzenden Ecke des Schrottplatzes lag. Die Werkstatt hatte zum Schutz ein abschüssiges, zwei Meter breites Dach, das entlang der Hofseite am Zaun angebracht war. Berge von Schrott ringsum entzogen die Werkstatt den Blicken. Hier hatten die Jungen ihre Druckpresse und die größeren Werkzeuge für den Umbau von Technik-Schrott in nützliche Gerätschaften für ihre Detektivarbeit. In der Werkstatt fanden sich auch ein Stuhl, ein paar alte Kisten und eine Werkbank. Und auf der Werkbank erspähte Bob die Tüte, in der Peters Brote gewesen waren.

»Siehst du, da hattest du es liegenlassen«, erklärte der für Recherchen und Archiv zuständige Mitarbeiter.

Peter hob die zerrissene Tüte auf. »Aber wer hat nun die Brote gegessen?«
»Wahrscheinlich warst du es selber, und dann hast du nicht mehr drangedacht«, sagte Justus überheblich.
»Ich?« rief Peter. »Ich und vergessen, daß ich prima Schinkensemmeln gegessen habe?«
»Das waren bestimmt Ratten«, sagte Bob, als er sich die Tüte genau angesehen hatte. Sie war einfach aufgerissen worden. »Die vertilgen bekanntlich alles.«
»Wenn du glaubst, die Ratten können bei Tante Mathilda auf dem Schrottplatz frei herumspazieren, dann irrst du dich gewaltig!« rief Peter.
»Sie tut, was sie kann, aber nicht mal Tante Mathilda kann jede Ratte persönlich von einem großen Schrottplatz fernhalten«, meinte Justus lachend.
Justs Tante Mathilda war eine imposante Dame, die das Unternehmen mit eiserner Hand führte. Ihr Ehemann Titus verbrachte die meiste Zeit damit, neuen Trödel für das Lager ausfindig zu machen. Justus, der als kleines Kind die Eltern verloren hatte, lebte bei Onkel und Tante, seit er zurückdenken konnte.
»Kommt mal mit, wir wollen sehen, ob nicht Tante Mathilda für uns was zu essen hat«, sagte Justus und ging zum Büro vorn auf dem Hof. Als er sich jedoch dem großen Hoftor näherte, verhielt er den Schritt. »Sagt mal, habt ihr das Auto da schon mal gesehen?«
Bob und Peter blickten zur Einfahrt vor. Ein großer, grüner Mercedes parkte in Höhe des offenstehenden Tors am Straßenrand gegenüber. Ausgestiegen war jedoch niemand.
»Der hat sich eben noch bewegt, als ich hinschaute«, sagte Justus bedächtig. »Er rollte ganz gemächlich aus, und dann blieb er stehen.«
»Na und, Justus?« meinte Peter. »Darf man hier etwa nicht parken? Vielleicht ist es ein Kunde von euch.«
»Kann sein«, sagte Justus, »aber da ist niemand ausgestiegen,

und ich meine, ich hätte diesen Wagen schon heute früh hier am Tor vorbeifahren gesehen. Übrigens genau so langsam.«
»Halt mal«, rief da Bob. »Den hab' ich doch auch gesehen! Auf der Straße vor dem hinteren Zaun, als ich mit dem Rad hierher unterwegs war. Eine Stunde ist das vielleicht her.«
»Vielleicht haben die meine Semmeln geklaut!« meinte Peter.
»Na klar doch, internationales Mundraub-Syndikat!« sagte Bob trocken.
»Hör schon auf mit deinen Brötchen«, fuhr Justus schroff auf. Er behielt den parkenden Wagen durch das offene Tor scharf im Auge. »Wenn du sie nicht verspeist hast, dann hat Bob sicher recht – dann waren es die Ratten. Mich würde jetzt weit eher interessieren, was der Wagen da eigentlich soll.«
Bob grinste. »Vielleicht warten die auf eine Gelegenheit, noch weitere Schinkensemmeln zu stehlen.«
»Sieht ja wirklich so aus, als warteten die auf etwas, Kollege«, meinte Justus. »Nehmen wir die Sache mal in die Hand.«
Justus hatte das Talent, fast überall ein Geheimnis zu wittern, und obendrein eine unheimliche Begabung, damit recht zu behalten! Bob und Peter hatten es schon längst aufgegeben, Justs Ahnungen in Frage zu stellen, und seien sie noch so weit hergeholt. Hin und wieder irrte er sich auch, aber es kam nicht oft vor.
»Peter, du machst dich jetzt ganz klein und schleichst dich ungesehen ans Tor«, wies Justus seinen Kollegen an. »Da halte dich versteckt und beobachte den Wagen. Bob und ich können hinten zum Roten Tor hinausgehen und draußen vor dem Zaun um das Gelände herumlaufen. Bob, du gehst nach links, ich gehe nach rechts. So haben wir den Wagen von allen Seiten im Blick.«
Peter nickte und sah, wie seine beiden Freunde durch den Geheimausgang im hinteren Zaun aus dem Hof schlüpften. Dann verdrückte er sich rasch hinter aufgetürmtem Gerümpel und kroch dicht am Zaun entlang wieder zur Einfahrt vor. Vorsichtig blickte er sich um. Der Mercedes war noch da. Peter glaubte zwei Insassen zu sehen. Dann duckte er sich flugs wieder.

In sicherem Abstand legte er sich lang hin und kroch zum offenen Hoftor zurück. In Bauchlage spähte er wieder hervor.
»Hallo! Suchst du was? Kann ich wohl helfen?«
Peter schluckte. Ein gedrungener, sonnengebräunter Mann in einem leichten Sommeranzug stand dicht vor ihm in der Einfahrt. Der Mann hatte krauses braunes Haar und kleine blaue Augen und lächelte liebenswürdig. Der Anblick des Zweiten Detektivs, der da platt auf dem Bauch lag, schien ihn zu belustigen.
»Ich . . . ich . . .« stammelte Peter. Er kam sich richtig dumm vor. »Ich habe meinen Ball verloren. Ich war hier . . . gerade . . . am Suchen.«
»Hier ist aber kein Ball herausgekullert«, sagte der Mann ganz ernsthaft.
»Dann ist er wohl woanders hingesprungen«, sagte Peter einfältig und stand auf.
»Pech gehabt«, sagte der sonnengebräunte Mann. Jetzt streckte er Peter eine Straßenkarte des näheren Umkreises hin. »Vielleicht kannst du dafür mir helfen. Es sieht so aus, als hätten wir uns verfahren.«
Peter sah plötzlich, daß eine Tür an dem grünen Mercedes geöffnet war und im Wagen nur noch eine Person saß. Der gedrungene Mann nickte zu dem Wagen hin.
»Ich fürchte fast, wir sind im Kreis gefahren. Wirklich keine Glanzleistung. Wir waren nämlich auf der Suche nach dem alten Missionsgebäude, das ihr hier im Ort habt.«
Da fiel Peter auf, daß der Mann kein amerikanisches Englisch sprach. Allerdings unterschied sich der Akzent deutlich von dem der Engländer, denen er bisher begegnet war. Na also, da saßen irgendwelche Touristen im Wagen, und sie hatten sich verfahren! Soviel zu Justs Vorahnungen!
»Aber klar.« Peter nahm die Karte und zeigte dem Mann, wo er sich jetzt befand, und wo die spanische Mission an der Küstenstraße vor der Stadt lag. »Es ist wirklich nicht so leicht zu finden.«
»Eben.« Der Mann nickte. »Na, jedenfalls vielen Dank.«

Der Mann ging zu dem grünen Mercedes zurück, und der Wagen fuhr weg. Da kamen Bob und Justus zu Peter gelaufen. Justus starrte dem entschwindenden Mercedes nach.
»Nur Touristen, Freunde«, sagte Peter ein wenig abschätzig. Er berichtete, was geschehen war. »Der Bursche hatte einen ganz eigenartigen englischen Akzent.«
»Verfahren?« fragte Justus, sichtlich enttäuscht. »Das war alles?«
»Was soll noch sein, Just? Wir sind schließlich nicht im Dienst«, sagte Peter.
Justus war verdrossen und nachdenklich. »Die Geschichte hört sich glaubhaft an, weil es ja Ausländer waren, aber –«
»Just!« stöhnte Peter. »Die hatten sich verfahren! Sonst war nichts!«
»Und wir wollten doch unseren Ausflug vorbereiten!« mahnte Bob.
»Unbedingt«, sagte Peter. »Aber erst essen wir zu Mittag.«
Bob und Justus tauschten einen Blick. Beim Hoftor stand eine Kiste mit alten Tennisbällen. Bob und Justus schnappten sich Bälle und beschossen Peter damit, bis er lachend weit in den Hof hineingelaufen war.

Peter liegt das leibliche Wohl am Herzen, Bob das Freizeitvergnügen – beides sei schwer arbeitenden Detektiven selbstverständlich gegönnt. Aber ließ man sich nicht doch zu schnell von einem Vorkommnis ablenken, das möglicherweise der näheren Erforschung bedarf?

Menschenraub!

Am nächsten Morgen war Bob schon früh aufgestanden. Rasch zog er sich an und lief in die Küche. Als er das Frühstück hinunterschlang, legte sein Vater die Zeitung zur Seite und sah seinen Sohn lächelnd an.
»Na, habt ihr so früh schon wichtige Ermittlungen vor?« erkundigte sich Mr. Andrews.
»Heute nicht, Papa. Wir fahren nach Magic Mountain – in dem feinen Rolls-Royce, mit Morton als Chauffeur!«
Mr. Andrews stieß einen anerkennenden Pfiff aus. »Drei flotte junge Herren, wie? Ich fürchte nur, daß das Erwachsenwerden für euch wenig Reiz haben wird.«
»Aber nicht, wenn Just mitwächst!«
»Nein«, sagte Mr. Andrews lächelnd. »Dann wahrscheinlich nicht.«
»Es wird vielleicht ein bißchen spät werden, Papa, aber wir wollen versuchen, zum Abendessen zurück zu sein«, rief Bob, als er aus der Haustür lief.
In der hellen Morgensonne sauste er mit dem Fahrrad durch die Straßen von Rocky Beach zum Schrottplatz und bog in den Hof ein. Peter saß schon auf der Schwelle des Büroschuppens und weidete sich an einem herrlichen Anblick. Ein Rolls-Royce älteren Baujahrs, mit riesigen Scheinwerfern und einer Kühlerhaube, die so lang und schwarz und glänzend war wie ein Konzertflügel, stand im Hof. Und nicht genug damit, daß der große Wagen schon in schlichtem, spiegelblankem Schwarz eine wahre Pracht war – den Vogel schoß er mit einer Besonderheit ab: alle Metallbeschläge einschließlich der Stoßstangen waren mit gleißendem Gold überzogen!
»Mann!« sagte Bob hingerissen. »Ich vergesse immer, was für ein edles Stück das ist, bis ich ihn wieder mal zu Gesicht bekomme!«

Ein großer, schlanker Mann in Chauffeurlivree stand neben dem Automobil und polierte behutsam eine vergoldete Fläche mit einem weichen Tuch. Er wandte das lange Gesicht mit freundlichem Lächeln Bob zu.
»Mir geht es genau so, junger Mann, wenn ich zwischendurch auf ein anderes Modell umsteigen muß«, sagte der Fahrer Morton.
Justus hatte vor längerer Zeit in einem Preisausschreiben Freifahrten mit dem phantastischen Oldtimer gewonnen, und später hatte ein dankbarer Klient der drei ??? dafür gesorgt, daß der Wagen den Jungen nun jederzeit bei Bedarf zur Verfügung stand. Diesen Wagen fuhr stets nur Morton im Auftrag des Eigentümers, einer Mietwagenfirma, und somit war er ein guter Freund der drei ??? geworden. Er bestand nach wie vor darauf, die Jungen so höflich zu behandeln, als hätte er es mit steinalten, steinreichen Generaldirektoren zu tun. Jetzt aber zwinkerte er Bob verschmitzt zu.
»Wieder einmal ein wichtiger Fall, werter Herr?« sagte er.
»Diesmal nicht, Morton«, erklärte Bob. »Wir wollen nur einen Ausflug nach Magic Mountain machen, und da dachten wir, das müßte uns im Rolls-Royce besonderen Spaß machen.«
»Eine Spazierfahrt? Wunderbar!« rief Morton. »Wer hat einen freien Tag eher verdient als die drei Detektive von Rocky Beach? Ich werde dem Büro unser Fahrtziel melden und volltanken, bis der Erste Detektiv auch eintrifft.«
Der hochgewachsene Chauffeur stieg in den Rolls-Royce und fuhr aus dem Hof. Bob wandte sich rasch an Peter.
»Weil wir gerade von Justus reden – wo steckt er denn?«
»In der Zentrale, er macht Pläne«, sagte Peter. »Was für welche, wollte er mir nicht sagen.«
»Das wollen wir doch mal sehen – komm mit!«
Sie krabbelten Tunnel II entlang und stiegen durch die Bodenluke in den so gut versteckten Anhänger hinauf. Justus saß am Schreibtisch, ganz in seine Arbeit vertieft. Er hatte eine Menge farbiger Prospekte vor sich ausgebreitet.
»Morton ist schon da, Just«, sagte Bob munter. »Fertig?«

»Gleich, Kollege.« Der Erste Detektiv beschäftigte sich noch kurze Zeit weiter, dann lehnte er sich hochbefriedigt auf seinem Stuhl zurück und sagte: »So, das hätten wir dann wohl.«
»Was hätten wir?« fragte Peter ein wenig mißtrauisch.
»Das perfekte Organisationsschema für unseren Ausflug!« erklärte Justus strahlend. »Ich habe mir einen Geländeplan von Magic Mountain vorgenommen und die optimale Route eingezeichnet, die uns bei geringstem Zeitaufwand die meisten Attraktionen bietet. Dabei habe ich Wiederholungsfahrten auf solchen Karussells eingeplant, die vielleicht ganz besonders reizvoll für uns sind, und ich habe mir etliche Ausweichmöglichkeiten überlegt, falls wir vor Fahrtantritt zu lange in der Schlange stehen müßten oder falls eine Fahrt wegen ungünstiger Windverhältnisse oder Betriebsstörung ausfällt. Sodann habe ich noch –«
Peter stöhnte. »Hör mal, Just, wie wär's denn, wenn wir einfach nach dem Eingang eine Runde drehen und alles durchprobieren, was uns unterwegs begegnet? Na ja, einfach losziehen und uns treiben lassen . . .«
»Eben – immer der Nase nach!« meinte auch Bob.
»Treiben lassen?« Justus furchte die Stirn. »Das wäre ein völlig unwirtschaftliches –«
»Es soll ja Spaß machen!« warf Peter ein.
»Na ja«, sagte Justus beleidigt, »wenn ihr meinen Plan ablehnt, dann will ich ihn euch nicht aufdrängen.«
Verstimmt schaute Justus auf seine liebevoll angefertigten Skizzen. Dann zuckte er die Achseln und warf sie in den Papierkorb. Bob und Peter jubilierten. Schließlich konnte Justus sich das Lachen auch nicht mehr verbeißen. Flink schlüpften die Jungen durch die Bodenluke auf den Hof hinunter.
Morton war mit dem Rolls-Royce wieder eingetroffen. Aufgeregt und mit viel Gelächter drängten sich die Jungen in das prachtvolle Gefährt. Morton hielt ihnen sogar die Türen auf.
»Und jetzt nach Magic Mountain, wenn ich bitten darf!« forderte Justus den Fahrer gutgelaunt auf.

»Sehr wohl, die Herrschaften.« Morton lächelte. »Zu Diensten, meine Herren.«
Magic Mountain lag in einiger Entfernung östlich von Rocky Beach, im Binnenland hinter dem langgestreckten südkalifornischen Küstengebirge. Morton steuerte den edlen alten Wagen aus der Stadt hinaus auf die Überlandstrecke. Sie hatten gerade die erste Steigung an den trockenen, staubbedeckten Berghängen erreicht, als Morton sich unvermittelt zu Wort meldete.
»Herrschaften, wenn ich mich recht erinnere, so erwähntet ihr, daß ihr euch zur Zeit nicht mit Ermittlungen befaßt?«
»Nein, sehr zu unserem Leidwesen«, bestätigte Justus. »Wieso fragen Sie?«
»Weil uns, wenn mich nicht alles täuscht, jemand verfolgt!«
»Verfolgt?« riefen alle drei Jungen wie aus einem Munde. Sie blickten sich um.
»Wo denn, Morton?« fragte Bob. »Ich sehe keinen Wagen.«
»Er ist jetzt gerade nicht zu sehen, da hinten in der Kurve«, sagte Morton, »aber mir ist er schon in dem Augenblick aufgefallen, als wir aus dem Schrottplatz fuhren, und seither ist er die ganze Zeit hinter uns. Ein grüner Mercedes.«
»Ein grüner Mercedes!« rief Justus. »Sind Sie da ganz sicher?«
»Automobile sind mein Beruf, junger Mann«, sagte Morton unbeirrt. »Da ist er wieder! Und er holt auf.«
Die drei Jungdetektive schauten stumm zur Heckscheibe hinaus. Da war kein Irrtum möglich. Der grüne Mercedes war dicht hinter ihnen und näherte sich in raschem Tempo!
»Es ist derselbe Wagen, stimmt!« rief Peter.
»Aha«, sagte Justus triumphierend, »dann waren das also doch keine Touristen, die sich verirrt hatten! Hatte ich wieder einmal recht!«
»Sieht so aus«, räumte Peter unsicher ein. »Aber wer könnten die dann sein? Was wollen sie?«
»Ich weiß es nicht, Kollege«, sagte Justus verbissen, »und ich finde, das braucht uns für heute auch gar nicht zu interessieren.«

»Aber es bleibt uns ja nichts anderes übrig!« rief Bob erschrokken. »Die kommen einfach immer näher, Just! Die holen wirklich auf!«
»Morton!« rief Justus. »Können Sie die Burschen abhängen?«
»Ich werde mein Möglichstes tun«, sagte Morton gelassen.
Der goldbeschlagene Rolls-Royce preschte vorwärts, als Morton das Gaspedal ganz durchdrückte. Sie waren jetzt in den Bergen, und die enge zweispurige Straße schlängelte sich an tiefen Schluchten und an den Steilwänden felsiger Canyons entlang. Morton nahm das große Lenkrad fest in die Hände und steuerte das spiegelblanke Vehikel mit Schwung um die scharfen Kurven über den Abgründen.
Der grüne Mercedes beschleunigte und blieb dicht hinter ihnen. Die beiden Wagen rasten mit quietschenden Reifen in die Kurven, die Räder gefährlich nahe an den gähnenden Abgründen. Auf gerader Strecke hätte der starke Rolls-Royce davonziehen können, aber in der Wendigkeit war ihm der kleinere, moderne Mercedes überlegen. Unaufhaltsam kam das grüne Auto näher.
»Die holen immer mehr auf«, rief Peter verzweifelt.
Mortons Stimme war seelenruhig. »Im Gebirge ist es gefährlich, zu sehr zu beschleunigen.« Gelassen überschaute er die vor ihnen liegende Fahrbahn. »Aber vielleicht –?«
Morton beugte sich vor und blickte angespannt geradeaus. Der Rolls-Royce war eben um eine scharfe Kurve gebogen, und der Mercedes war vorübergehend nicht im Blickfeld. Morton trat jäh auf die Bremse, so daß der große Wagen nach rechts schlitterte, fast bis an eine senkrecht abfallende Schlucht. Dann schwenkte er ein, zog quer über die Fahrbahn und fuhr in einen schmalen unbefestigten Feldweg ein, der links abzweigte. Hier beschleunigte der erfahrene Chauffeur wieder und steuerte das Luxusauto auf dem staubigen Weg in ein dichtes Gehölz aus Eichen und Chaparral-Gestrüpp.
Hinter ihnen brauste der Mercedes an der Abzweigung vorbei.
»Die haben wir abgehängt!« riefen Bob und Peter.

»Fürs erste ja«, sagte Morton. »Aber bald werden sie merken, daß wir von der Straße weg sind. Wir müssen zügig weiterfahren.« Er trat aufs Gaspedal, preschte mit dem schweren Wagen auf der engen Seitenstraße weiter – und mußte mit Reifengequietsche und jähem Ruck anhalten.
»Tut mir leid, Herrschaften«, sagte Morton betroffen. Die Fahrspur endete in einer Sackgasse – in einem kahlen Canyon, von drei Seiten umschlossen!
»Fahren Sie zur Straße zurück!« befahl Justus. »Schnell! Vielleicht haben sie uns noch nicht vermißt.«
Morton wendete den großen Wagen und fuhr zur Hauptstraße zurück.
Der Mercedes wäre fast frontal mit ihnen zusammengeprallt, als sie um eine scharfe Kurve bogen! Morton riß den Wagen herum und wäre um ein Haar von der Fahrbahn abgekommen. Ehe er sich wieder gefaßt hatte und wenden konnte, sprangen zwei Männer aus dem Mercedes und liefen zu dem Rolls-Royce hin. Sie waren mit Pistolen bewaffnet!
»Raus da! Aber sofort!« brüllte der eine. Es war ein Unbekannter, aber in dem anderen erkannte Peter den Mann, der ihn am Vortag nach dem Weg gefragt hatte.
Argwöhnisch stiegen die Jungen und Morton aus.
»Nun hören Sie mal, guter Mann«, erhob Morton Einspruch. »Wir wissen zwar nicht, was –«
»Still!« herrschte ihn der erste Mann an.
Der andere schnappte sich den völlig verdutzten Justus, stopfte ihm flink einen Knebel in den Mund, stülpte ihm einen groben Sack über den Kopf und schleifte ihn zu dem Mercedes! Der erste Mann hielt Bob, Peter und Morton mit der Pistole in Schach.
»Wenn euch euer Leben lieb ist und ihr ihn wiedersehen wollt, dann fahrt uns nicht nach!«
Der Mann drehte sich um und lief zu dem Mercedes. Der Wagen verschwand in Richtung Autobahn.
Justus war fort.

Ein lebensgefährlicher Irrtum

Peter lief auf den Rolls-Royce zu. »Wir müssen hinterher!«
»Nein, Peter!« riefen Morton und Bob gleichzeitig.
Peter sah ganz verstört aus. »Aber wir müssen hinterher!«
»Das wollen wir ja auch«, sagte Morton und legte Peter die Hand auf die Schulter. »Aber folgen dürfen wir ihnen jetzt nicht. Bei einer Entführung muß man sich genau daran halten, was die Entführer verlangen, und erst danach schnellstens die Polizei verständigen.«
»Ihnen nachzufahren, könnte für Justus gefährlich werden«, erklärte Bob. »Wir können höchstens versuchen festzustellen, in welche Richtung sie fahren, und das der Polizei melden! Die Entführer wissen nicht, daß wir im Rolls-Royce ein Telefon haben, also haben sie nicht einkalkuliert, daß wir jetzt sofort die Polizei verständigen können. Los, wir klettern hier rasch den Hang hinauf, während Morton bei Kommissar Reynolds anruft!«
Während Morton zum Wagen lief, um den Polizeichef von Rocky Beach anzurufen, kletterten Bob und Peter hastig den steilen Hang des nächsten Berges hinauf. Sekunden später langten sie keuchend auf einem hochgelegenen Sims im Gestein an und schauten hinunter zur Einmündung des Fahrwegs in die Hauptstraße.
»Ich sehe sie!« rief Bob.
»Sie fahren nach Süden, Richtung Rocky Beach!« sagte Peter. »Schön gemütlich.«
»Die wollen nicht auffallen.«
»Wenn der Kommissar auf Zack ist«, rief Peter, »dann könnte er sie noch abfangen! Komm mit!«
Sie schlitterten und stolperten hangabwärts zum Rolls-Royce. Morton gab gerade das Kennzeichen des Mercedes und eine kurzgefaßte Beschreibung der beiden Männer durch.

»Sagen Sie dem Kommissar, daß sie nach Süden fahren, Richtung Rocky Beach«, sagte Peter. »Dann kann er ihnen vielleicht den Weg abschneiden, ehe sie sich in anderer Richtung absetzen können.«
Morton gab das am Telefon weiter, und dann horchte er.
»Schön, Herr Kommissar. Wir bleiben hier, bis Sie kommen.«
Er legte den Hörer auf und sah die Jungen an. »Was wollen die Männer nur von Justus? Seid ihr sicher, daß ihr wirklich nicht wißt, wer sie sind?«
»Die hatten wir bis gestern noch nie gesehen«, sagte Bob.
»Wir blicken da überhaupt nicht durch!« sagte Peter kläglich.
Die drei sahen sich entmutigt an.

Justus saß voll Angst unter dem dicken Sack im Dunkeln. Der Mercedes fuhr offenbar nur langsam. Es ging zu Tal, auf der Autobahn, wie Justus vermutete. Also ging es nach Rocky Beach. Was wollten diese Männer von ihm? Wer waren sie? Woher stammten sie, mit ihrem eigenartigen englischen Akzent?
Er rutschte unter dem Sack auf dem Rücksitz des Wagens hin und her, bis sich ein Pistolenlauf unsanft in seine Seite bohrte. Einer der Männer saß dicht neben ihm.
»Stillsitzen«, sagte der Mann.
Justus versuchte zu sprechen, zu protestieren, aber mit dem dikken Knebel im Mund konnte er nur gurgeln und grunzen. »Ummff. . . grrummm. . .«
»Gib jetzt Ruhe! Und halt schön still, ja? Wie ein lieber kleiner braver Junge.«
Der Mann neben ihm lachte, und bösartig hallte es vom Fahrersitz wider, wo der andere Mann am Lenkrad saß.
Aber Justus versuchte hartnäckig zu sprechen – zu fragen, was sie mit ihm vorhatten. Onkel Titus und Tante Mathilda hatten doch kein Geld! Zumindest waren sie nicht reich! Mit seinem Gegrunze und halbersticktem Gegurgel kam er sich vor wie ein Fisch auf dem Trockenen.

»Still, sag' ich! Du willst schließlich nicht, daß dein Vater seinen einzigen Sohn verliert, oder?«
Justus erstarrte unter dem Sack. Sein Vater? Aber er hatte ja gar keinen Vater! Sein Vater lebte nicht mehr, seit Justus ganz klein war. Verzweifelt versuchte er das seinen Entführern klarzumachen.
»Ummmmffff... ggmmmmmrrr... mnnnuuuhhh...«
Die Pistole wurde ihm noch härter zwischen die Rippen gestoßen.
»Ich sag's nicht noch einmal, Junge!«
»Ummmmff... mmmddd... mmmssstt...«
Der Mann neben ihm lachte wieder. »Er ist ein richtiger Dickkopf, genau wie sein Vater, nicht wahr, Fred? Und bestimmt genau so überheblich. Überraschen würde es mich jedenfalls nicht.«
»Vielleicht sollten wir ihn lieber zum Schweigen bringen, Walt«, sagte der Fahrer.
»Nur wenn es unbedingt sein muß. Paßt mir gar nicht, das Herumkutschieren mit einem solchen Dicken, der auch noch pennt.«
»Aber vielleicht wäre es das Beste. Bis nach Hause ist es noch weit. Und wir wollen doch, daß er nett und ordentlich aussieht, wenn wir den großen Boss mit ihm überraschen.«
Der Mann neben Justus lachte noch einmal. »Ich kann es kaum erwarten, bis ich Sir Rogers Gesicht sehe, wenn er von uns erfährt, daß wir uns seinen kleinen Ian geschnappt haben und daß er sich jetzt zu einer anderen Tonart bequemen muß.«
Unter dem Sack lehnte sich Justus langsam auf seinem Sitz zurück. Sir Roger? Ian? Plötzlich wurde ihm klar, was da passiert war – diese Männer verwechselten ihn mit einem anderen! Einem, dessen Vater ein wichtiger Mann war! Das war keine Entführung zur Erpressung von Lösegeld – es ging um das Durchsetzen von Forderungen. Diesen Sir Roger – wer immer das sein mochte – wollten die Männer zu etwas bewegen, was sie verlangten. Aber nun hatten sie einen Fehler gemacht. Sie hatten den falschen Jungen entführt! Er versuchte es ihnen zu sagen.

»Ummmmfff...! Mssstttkkk... nnnooo...«
Diesmal bohrte ihm sein Nebensitzer die Pistole nicht in die Seite und gab sich auch keine Mühe, ihn zum Schweigen zu bringen. Offenbar beschleunigte der Mercedes sein Tempo, als er am Fuß des Gebirges auf der Ebene dahinraste. Er fuhr mit quietschenden Reifen in eine scharfe Kehre, und die Fliehkraft drückte Justus in die Ecke der Sitzbank. Und dann hörte er die Sirenen! Polizeiautos! Das Heulen wurde lauter. Unter dem Sack hielt Justus den Atem an. Sie würden ihn befreien ... Doch das Sirenengeheul hinter ihnen ebbte wieder ab, und dann war es nicht mehr zu hören.
»Um ein Haar hätten sie uns erwischt!« rief der Mann neben Justus.
»Glaubst du, die waren uns auf der Spur?« meinte der Fahrer.
»Klar. Sie waren auf dem Weg ins Gebirge. Wie zum Teufel haben sie nur so rasch Lunte gerochen?«
Justus wußte natürlich Bescheid – das Telefon im Rolls-Royce. Seine Freunde hatten unverzüglich die Polizei ins Bild gesetzt. Aber die Entführer waren noch einmal entkommen. Wie sollte die Polizei ihn nun finden? Er mußte den beiden Männern klarmachen, welch folgenschweren Irrtum sie begangen hatten!
»Da ist etwas schiefgelaufen, Walt«, sagte der Fahrer grimmig. »Darf nicht nochmal passieren. Ich will nicht geschnappt werden.«
Unter dem dunklen Sack fror Justus plötzlich. Da war ja schon vorher etwas schiefgelaufen! Die Männer hatten den falschen Jungen gekidnappt, nur wußten sie das noch nicht. Mit dem Knebel im Mund konnte es ihnen Justus nicht sagen. Und – wollte er denn, daß sie ihren Irrtum erkannten? Was würden sie tun, wenn sie es wüßten?
Ihnen ging es um einen Jungen namens Ian, den sie als Druckmittel gegen seinen eigenen Vater einsetzen wollten. Also würde Ian in ihrer Obhut sicher sein. Justus Jonas hingegen – wäre der sicher?

Nun ist es also heraus – diese Entführung ist die Folge eines unglaublichen Zufalls: Justus Jonas hat einen Doppelgänger! Hättet ihr Justus – so wie ich – schon leibhaftig erlebt (erleben müssen, bin ich mit einem Stoßseufzer versucht zu sagen!), dann könntet ihr mir mein Unbehagen nachfühlen, das mich befiel, als ich von der Geschichte erfuhr. Doch blenden wir uns wieder in die Verfolgungsjagd ein.

Ein Polizeiauto und der Wagen des Sheriffs brausten den Feldweg entlang und kamen nach einer Vollbremsung in einer Staubwolke zum Stehen. Kommissar Reynolds und der Sheriff liefen auf Morton und die Jungen neben dem blinkenden Rolls-Royce zu.
»Haben Sie sie gesehen?« rief Bob.
»Konnten Sie sie aufhalten?« fragte Peter.
Der Kommissar schüttelte den Kopf. »An der ersten Kreuzung hatten wir die Hauptstraße gesperrt, und dann sind wir auf dem schnellsten Weg hierhergefahren. Aber wir haben sie nicht überholt, und an der Straßensperre sind sie nicht angekommen.«
»Dann müssen sie durchgeschlüpft sein, ehe wir die Sperre errichten konnten«, sagte der Sheriff. »Abgebogen an irgendeiner Abzweigung. Weit können sie aber nicht gekommen sein, und wir haben alle unsere verfügbaren Leute und Autos zur Fahndung abgestellt.«
»Das ist hier der Landkreis, Jungs, also ist für dieses Gebiet der Sheriff zuständig«, erklärte Hauptkommissar Reynolds. »In einem solchen Fall arbeiten wir natürlich Hand in Hand. Wir haben auch schon die Polizeidirektion von Los Angeles verständigt.«
»So«, sagte der Sheriff, »und jetzt suchen wir hier nach Spuren.«
Bob war pessimistisch. »Ich glaube nicht, daß Sie hier was finden werden, Sir. Die Entführer waren nicht lange genug da, um irgendwelche Spuren zu hinterlassen.«

Bob hatte recht. Die Beamten aus der Stadt und ihre Kollegen vom Landkreis suchten jeden Zollbreit des unbefestigten Fahrwegs im Umkreis des Tatorts ab. Sie fanden nichts.
»Na gut, gehen wir zum Präsidium zurück«, entschied Hauptkommissar Reynolds. »Es ist Zeit, das FBI zu informieren.«
»Immerhin«, sagte der Sheriff, »haben wir uns diesmal einen großen Vorteil verschafft, mit eurer Hilfe und dem Rolls-Royce. Wir haben keine Zeit verloren, und alle Suchtrupps sind schon im Einsatz.«
»Ja, Sir«, sagte Bob niedergeschlagen, »aber Suchen heißt noch nicht Finden. Ein einzelnes Auto ist doch nicht so leicht aufzufinden, oder?«
»Nein, aber wir haben ja Kontrollen im ganzen Landkreis eingerichtet und alle Straßen gesperrt. Sie haben keine Chance, über die Kreisgrenze zu entkommen!«
Bob und Peter stiegen in den Rolls-Royce. Keiner sprach ein Wort, als Morton dem Wagen des Kommissars nach Rocky Beach folgte. Aber sie schauten einander voller Unbehagen an und wußten, daß sie beide dasselbe dachten.
Die Entführer mußten bei ihrer Planung berücksichtigt haben, wie sich Straßensperren umgehen ließen. Sie mußten irgendeine Fluchtmöglichkeit haben, zusammen mit ihrem Opfer Justus.

Den Schurken auf der Spur

Der Mercedes hielt an.
Justus hatte im Dunkeln unter dem schweren Sack versucht, sich die Route zu merken, aber der Wagen war zu oft abgebogen und um scharfe Kurven gefahren. Nun horchte er auf irgendwelche vertrauten Geräusche, die ihm verraten könnten, wo er sich befand. Aber ringsum herrschte Stille. Nirgends eine Bewegung, kein Verkehrslärm, keine menschlichen Stimmen oder Geräusche von der See her.
»Jetzt raus mit ihm«, knurrte der Fahrer vom Vordersitz.
Justus hörte das Öffnen der Wagentür und fühlte, wie er unsanft hinausgestoßen wurde. Unter seinen Schuhen spürte er harten Boden, bedeckt mit Laub und Gras.
»Nimm ihm den Sack ab, damit er den Weg sehen kann.«
Der Sack wurde ihm mit einem Ruck über Brust und Kopf gezogen. Gleißendes Licht fiel durch dichte Baumkronen und blendete ihn. Er öffnete und schloß die Augen, um sich an die Helligkeit zu gewöhnen, während er auch von dem Knebel im Mund befreit wurde. Der untersetzte Mann mit dem krausen Haar, der beim Schrottplatz mit Peter gesprochen hatte, nahm ihn ab – der Mann namens Walt, der neben ihm im Wagen gesessen und ihn mit der Pistole in die Seite gestoßen hatte.
»Jetzt schön brav, ja?« sagte Walt. »Nett und lieb.« Er hob die Pistole, um seinen Worten Nachdruck zu verleihen.
Justus nickte, sagte aber nichts. Seit ihm klargeworden war, daß er viel stärker gefährdet sein konnte, wenn die Entführer ihren Irrtum bemerkten, hatte er gehofft, sie würden ihm den Knebel nicht abnehmen. Der Junge, den sie in ihrer Hand glaubten, kam aus ihrer Heimat, wo immer das sein mochte, und würde vermutlich mit demselben eigenartigen englischen Akzent sprechen. Wenn Justus redete, würden sie sofort erkennen, daß er nicht der Junge

war, auf den sie es abgesehen hatten – es sei denn, er versuchte ihren Akzent nachzuahmen. Das traute sich Justus zwar zu, aber es blieb ein Risiko. Der geringste Fehler würde ihn verraten.
Der untersetzte Entführer schaute ihn kurz an, dann wandte er sich um zum Fahrer. »Hol die Taschen, Fred.«
Justus wurde es ein wenig leichter ums Herz. Fürs erste war er sicher. Hastig blickte er sich um. Sie waren am Rand einer anderen unbefestigten Fahrstraße am Fuß der Berge, gesäumt von Eichen und dichtem Chaparral. Nichts war vertraut, nichts fremd. Es hätte überall im Umkreis von hundert Meilen um Rocky Beach sein können!
»Schön, Junge, dann mal los«, sagte der Fahrer. »Da lang.«
Er war größer und schlanker als Walt, mit dunklem Haar und tiefliegenden kleinen Augen in dem wettergegerbten Gesicht, aber er hatte die gleiche tiefgebräunte Haut. Anscheinend kamen die beiden Männer aus einem Land mit dauernder starker Sonneneinstrahlung.
Sie gingen am Straßenrand durchs Gras, knapp fünfzig Meter weit, und bogen dann zum Gebirge hin ab. Justus konnte keinen Weg erkennen – nur das dichte, fast undurchdringliche Gestrüpp.
»Geh du voraus, Fred, und gib das Tempo an«, sagte Walt. »Du hast die Taschen.«
Der Fahrer nickte, setzte die Taschen ab und bog einen dichtbelaubten Strauch zur Seite. Damit legte er den Zugang zu einem schmalen Fußpfad frei. Er schob die beiden Taschen hindurch und verschwand im Chaparral.
»Jetzt du, Junge«, befahl Walt.
Justus suchte nach dem richtigen Busch, zog ihn zur Seite und zwängte sich hindurch. Das widerspenstige Strauchwerk entschlüpfte jäh seinem Zugriff. Er riß die Hände hoch, um sein Gesicht vor den dornigen Zweigen zu schützen, sprang zurück – und stürzte vor dem Eingang zu dem verborgenen Pfad mit hilflosem Fuchteln zu Boden. Walt packte ihn, half ihm auf und stieß ihn mit einem Fluch durch den Chaparral vorwärts.

»Paß gefälligst auf, sonst hakt es bei mir aus!«
Justus schluckte und lief rasch den schmalen Pfad entlang. Walt mit seiner Pistole war dicht hinter ihm. Das verfilzte Gestrüpp schloß sich wieder, und es blieb keine Spur von dem verborgenen Pfad.
Als Justus hinter dem Fahrer herhastete, übersah er eine tückische Wurzel, blieb mit dem Fuß daran hängen und schlug der Länge nach hin. Keuchend blieb er einen Augenblick liegen, aber es gelang ihm, sich wieder hochzurappeln, ehe Walt herzugekommen war.
Die beiden Entführer drangen rasch durch das dichte Gestrüpp vor, als seien sie schon zuvor hier gewesen und kennten den Weg. Justus versuchte auf dem kaum sichtbaren Pfad Schritt zu halten, aber er stolperte und stürzte noch zweimal, ehe er in einen engen Sack-Canyon tief im Schatten der Berge hinausgestoßen wurde.
Ein niedriges gemauertes Haus stand dicht vor den an drei Seiten hochragenden Steilwänden des Canyons. Die Entführer schlossen die Eingangstür auf, schubsten Justus hinein und schlugen die Tür zu.
Justus stand allein in einem kleinen Raum. Die Tür hinter ihm wurde zugesperrt.

Im Polizeipräsidium saßen Bob, Peter, Onkel Titus und Tante Mathilda auf einer Bank an der Wand.
»Hätten wir bloß unsere Notrufgeräte mitgenommen«, klagte Peter.
»Die sind doch in der Werkstatt zur Reparatur, weißt du das nicht mehr?« sagte Bob. »Aber Justus wird sich was einfallen lassen, um mit uns Verbindung aufzunehmen, Kollege.«
Tante Mathilda warf dem Sheriff und dem Kommissar einen vernichtenden Blick zu. »Sollen wir hier den ganzen Tag herumsitzen?« fragte sie brüsk. »Diese Kidnapper werden ja nicht so dumm sein und sich brav hier melden!«
Hauptkommissar Reynolds schüttelte den Kopf. »Wir haben das

Stadtgebiet und den Landkreis unter Kontrolle, Mrs. Jonas, und sinnloses Drauflosfahnden nützt gar nichts. Bei einer Entführung ist eine übergreifende Planung das Wichtigste.«
»Jedes Polizeirevier in Kalifornien, Nevada, Oregon und Arizona hat die Suchmeldung bekommen«, fügte der Sheriff hinzu. »Wir haben das FBI verständigt und die mexikanischen Behörden. Das amtliche Kennzeichen des Mercedes wurde per Fernschreiber an alle Polizeistationen durchgegeben, und auch die zentrale Meldestelle für Verkehrsdelikte ist benachrichtigt.«
»Ein Team von erfahrenen Spurensicherungsfachleuten ist zum Tatort gefahren, um nochmals genau nachzuforschen«, sagte der Kommissar. »Mehr können wir nicht tun, solange wir keine ergiebige Spur haben.«
»Dann sollte Sie nichts davon abhalten, loszugehen und selbst mitzuarbeiten!« erklärte Tante Mathilda.
»Wir haben eine größere Chance, sie bald zu fassen«, sagte der Sheriff, »nämlich mit dieser zentralen Überwachung, die in dem Augenblick, wo sich eine Spur ergibt, das Startsignal zur gezielten Suche gibt.«
All dies vermochte Tante Mathilda offensichtlich nicht zu überzeugen, und sie verfolgte den Sheriff und den Kommissar mit wütenden Blicken, als die beiden Männer den Raum verließen. Ihre Stimmung besserte sich auch nicht bei der Rückkehr der Spurensucher, die nichts gefunden hatten. Noch immer gab es keinen Hinweis darauf, wo sich die Entführer und Justus aufhielten.
»Was um Himmels willen haben die bloß mit Justus im Sinn?« Tante Mathilda mußte schon wieder Dampf ablassen. »Und wie ist das mit euch Jungen – seid ihr hier etwa in irgendeinen Fall verwickelt? Habt ihr die Nase wieder einmal in anderer Leute Angelegenheiten gesteckt?«
»Nein, Madam«, versicherte Bob. »Wir wollten gerade einen Ausflug nach Magic Mountain machen.«
Onkel Titus sagte: »Und ihr könnt euch beide nicht vorstellen, was dahintersteckt?«

»Wäre schön, wenn wir's könnten«, sagte Peter.
»Wehe, wenn ich diese Halunken zu fassen bekäme!« wetterte Tante Mathilda.
Wider Willen mußten Bob und Peter lachen. Das wäre fürchterlich, wenn man Entführer wäre und Tante Mathilda hinter sich wüßte! Doch dann verging ihnen das Lachen – vorerst sah es nicht so aus, als ließen sich die Entführer fassen.
»Wenn wir nur irgendwo ansetzen könnten«, meinte Bob. »Just würde bestimmt einen Weg finden, uns zu ihm zu führen.«
»Wenn er das schafft«, sagte Peter. »Diese Kidnapper kommen mir ganz schön raffiniert vor, Kollege.«
Der Kommissar trat vor die Jungen hin. »Wie raffiniert die sind, das werden wir bald herausfinden«, verkündete er. »Die Männer im Hubschrauber der Landpolizei haben den Mercedes entdeckt – er war hinten auf der alten Rattlesnake Road abgestellt, keine fünf Kilometer vor der Stadt!«
»Es geht los!« rief der Sheriff, der gerade auch wieder aufgetaucht war. »Wir haben sie!«

In dem verlassenen Häuschen im Gebirge horchte Justus einige Zeit an der abgeschlossenen Tür. Er bemühte sich zu verstehen, was die Entführer draußen redeten, und er fragte sich, wann sie endlich ihren Irrtum bemerken würden.
Die Stimmen waren deutlich zu hören, aber er bekam nur einzelne Worte mit. Anscheinend besprachen die Männer Reisepläne. Und sie redeten von einem anderen, der nicht anwesend war. Justus erkannte plötzlich, daß sie hier warteten. Es sollte jemand herkommen, und dann würde etwas geschehen. Aber wer sollte das sein, und was würde sich tun, in dieser Einöde?
Justus versuchte angestrengt, mehr zu verstehen, aber es hatte keinen Zweck. Ihm sank der Mut. Wenn nun die Person, auf die sie warteten, den echten Ian besser kannte als die beiden? Er mußte es irgendwie schaffen, sich aus dem Haus zu befreien und seinen Entführern zu entkommen!

Er schaute sich in dem kleinen Bau um. Es war ein einziger kahler Innenraum ohne irgendwelche Möbel. Es gab keine Nebenkammern oder Schranknischen, und es gab nur die eine Tür, die nun von außen abgeschlossen war. Das einzige schmale Fenster war vergittert, als hätte in dem Gebäude früher einmal etwas Kostbares oder Gefährliches gelagert. Vielleicht hatte man hier Dynamit für Steinbrucharbeiten aufbewahrt, vielleicht auch wertvolles Spezialgerät für Ölbohrungen.

Nun jedoch enthielt das Haus nichts mehr, und Justus fand nichts, das für einen Ausbruchsversuch dienlich sein könnte.

Er ging langsam an den Wänden entlang und suchte nach Schwachstellen – vergeblich. Die Mauern waren mindestens dreißig Zentimeter dick und in gutem Zustand. Justus hatte nichts zur Hand, womit er eine Wand hätte durchbrechen können, und außerdem hätte er auch keinerlei Lärm verursachen dürfen. Es gab also keine Möglichkeit, durch eine Wand zu entkommen. Er befaßte sich mit dem Fußboden. Dieser bestand aus breiten, roh zubehauenen Brettern, die mindestens drei Zentimeter dick waren – massive Planken ohne Zwischenfugen. Aber sie federten! Sie bogen sich leicht durch, wenn Justus sie mit seinem ganzen Gewicht belastete. Er erkannte, daß die Bretter nicht auf einem Estrich verlegt waren, sondern in Abständen auf Balken auflagen. Das Haus mußte demnach unterkellert sein!

Auf allen vieren suchte Justus den ganzen Fußboden ab. Hinten, dicht an einer Wand, entdeckte er ein loses Brett! Indem er mit einem Fuß kräftig auf ein Ende des kurzen Bretts trat, gelang es ihm, das andere Ende weit genug in die Höhe zu bringen, daß er mit den Händen darunterfassen und es losreißen konnte. Endlich war sein Übergewicht einmal von Vorteil!

Er zog das Brett ganz vom Boden hoch und sah unten einen Hohlraum. Es gelang ihm, ohne verräterischen Lärm noch ein weiteres Brett zu lockern und zu entfernen, und dann zwängte er sich durch die entstandene Öffnung hinunter und kroch auf dem Bauch durch den niedrigen Raum. Der Boden stieg an einer Seite leicht

an, und daher konnte er sich nur unter der halben Grundfläche des Hauses frei bewegen. Aber das genügte ohnehin. Das Haus ruhte auf einem erhabenen Steinfundament mit ein paar Lüftungsschlitzen, viel zu eng zum Durchkriechen. Es gab keinen Ausweg. Langsam stieg Justus wieder in den oberen Raum hinauf.
Es gab wirklich keinen Ausweg.

Die Polizeiautos parkten dicht unterhalb des Mercedes auf der ansteigenden Rattlesnake Road. Die Polizisten suchten den verlassenen Wagen Zoll für Zoll ab.
»Nichts«, sagte der Kommissar bedrückt. »Kein Hinweis darauf, wohin sie von hier aus gegangen sind.«
»Aber Menschen lösen sich doch nicht einfach in Luft auf«, hielt ihm Tante Mathilda eigensinnig vor.
Bob, Peter und Onkel Titus suchten den Boden um den Wagen ab. Er war auf dem grasbewachsenen Randstreifen abgestellt worden.
»Hier sieht nichts wie ein Zeichen von Justus aus«, sagte Bob niedergeschlagen.
»Nicht mal einen Fußabdruck gibt es hier«, sagte Onkel Titus.
»Sie sind tatsächlich spurlos verschwunden«, sagte Kommissar Reynolds. Er schaute lange auf das dichte Gestrüpp ringsum und die hochragenden Berge. »Justus kann mittlerweile überallhin verschleppt worden sein.«
»Nein«, erklärte Peter unvermittelt. »Das glaube ich nicht, Herr Kommissar. Ich glaube nicht, daß sie weit weg sind!«

Entwischt!

»Woher willst du das wissen, junger Mann?« fragte der Sheriff.
»Hast du eine Spur gefunden, Peter?« rief der Kommissar.
Peter stand neben dem Mercedes und starrte auf den Erdboden des Fahrwegs. Er kauerte sich nieder und faßte mit der Hand hin.
»Schauen Sie, Sir!« sagte der Zweite Detektiv und zeigte auf das Erdreich vor sich. »Hier ist über die ganze Straßenbreite ein sandiger Streifen. Man kann den Reifenabdruck des Mercedes deutlich erkennen, aber sonst gibt es keine frischen Reifen- oder Fußspuren! Heute ist also kein anderer Wagen hierhergekommen, folglich sind sie nicht in einem Auto weggefahren. Und sie sind auch nicht zu Fuß die Straße vorgegangen, soviel ich sehe.«
Der Sheriff nickte, als er die Fahrbahn um den Mercedes absuchte. »Der Boden ist überall trocken und staubbedeckt, und Abdrücke sind nirgends zu sehen.«
»Meinst du etwa«, rief Bob, »daß die noch immer hier in der Nähe sind?«
»Ja, Kollege«, erwiderte Peter, und es hörte sich fast so an, als hätte Justus gesprochen. »Meiner Ansicht nach haben sie die Straße nicht überquert, sondern sind durch den Chaparral weggegangen, hinauf ins Gebirge!«
»Moment mal«, sagte der Kommissar. »Hier am Straßenrand wächst Gras. Darauf hätten sie ja ebenso gut weggehen können.«
»Schon möglich«, meinte der Sheriff. Er wandte sich an zwei seiner Leute. »Ihr beide, Billings und Rodriguez, geht auf jeder Seite auf dem Grasstreifen entlang und stellt fest, wie weit er führt und ob irgendwo Fußspuren in die Straße einmünden. Wir anderen verteilen uns und suchen das Gebüsch ab. Vielleicht finden wir einc Stelle, wo sie eingedrungen sein könnten. Bitte alle recht vorsichtig auftreten!«
»Wir müssen auch nach Fragezeichen Ausschau halten«, fügte

Bob hinzu. »Oder nach Häufchen aus kleinen Steinen oder einem Zweig, der in auffälliger Weise abgebrochen ist! Just und Peter und ich hinterlassen einander solche Kennzeichen, wenn wir bei Ermittlungen getrennt vorgehen müssen.«
Die Polizisten aus Rocky Beach und der Trupp des Sheriffs verteilten sich am Straßenrand und suchten bedächtig die dem Gebirge zugewandte Seite ab. Die beiden Männer des Sheriffs, die festzustellen hatten, wie weit der Grasstreifen reichte, meldeten bald, daß er nicht sehr lange war und daß es dahinter keine Fußspuren auf der Fahrbahn gab. Ein Fahnder entdeckte ein Häufchen kleiner Steine, die ein Zeichen von Justus hätten sein können. Aber als der Sheriff sich die Steine anschaute, sah er, daß sie mit trockenem Schlamm zusammengebacken waren. Offenbar lagen sie schon längere Zeit da. Ein anderer Polizist fand einen abgeknickten Zweig, der auf eine Stelle im Unterholz zu weisen schien. Doch beim Absuchen der unmittelbaren Umgebung fand sich kein Durchbruch im Chaparral und kein Pfad.
»Chef«, rief da ein Polizist. »Ist das was?«
Er zeigte auf ein kleines weißes Ding, das unten in einem Strauch steckte. Es hätte ein Stück weggeworfenes Papier sein können. Bob und Peter liefen hin.
»Sieht ja aus wie –« setzte Bob an.
»Eine Karte von uns!« schloß Peter. Er faßte hin und zog das Weiße heraus. »Das ist eine unserer Karten! Die hat Justus in den Strauch gesteckt, als die Entführer mal nicht hinschauten!«
»Die Sträucher da auseinanderreißen!« gebot der Sheriff.
Die Männer zogen und zerrten am verfilzten Chaparral, und bald hatten sie den verborgenen Pfad freigelegt.
»Das ist ja tatsächlich ein Weg«, stellte der Kommissar fest. »Und erst vor kurzem ist jemand hier gegangen. Da, überall ist das Gestrüpp geknickt und niedergetreten!«
Alle eilten den schmalen Fußpfad entlang.
»Da!« rief Bob. Er wies auf eine Stelle im Gestrüpp, die so aussah, als sei hier jemand gestolpert und gestürzt. Und gleich dabei,

auf einem niedrigen Felsbrocken, war ein ganz kleines weißes Fragezeichen!
»Das ist Justs Zeichen! Er hatte seine Kreide mit!« rief Peter.
»Schnell!« Onkel Titus drängte zur Eile. »Er muß da vorn sein, bei den Ber–«
Mitten im Wort brach Onkel Titus ab. Er lauschte mit offenem Mund. Dann hörten es die anderen auch – ein Geräusch wie von einem starken Motor, das immer lauter wurde, bis es genau über ihren Köpfen dröhnte. Tante Mathilda zeigte hinauf zum Himmel.
»Das ist doch ein Hubschrauber!«
»Ist es einer von unseren?« überschrie der Sheriff das knatternde Gebrumm des Helikopters, der jetzt knapp hundert Meter über ihren Köpfen dahinflog und zum Gebirge abschwenkte.
»Nein«, brüllte der Kommissar zurück. »Das muß ihr Hubschrauber sein! So haben sie die Flucht vorbereitet, Sheriff! Der nimmt hier die Entführer und Justus an Bord!«
Sie starrten alle zu dem Hubschrauber hoch, bis er hinter einem dichten Waldstück am Hang über ihnen verschwand und das Geräusch langsam in der Ferne verhallte.
»Und Sie sagten, die hätten keine Möglichkeit, das Gebiet zu verlassen, Sheriff!« schrie Tante Mathilda aufgebracht.
»Wir bleiben dran«, sagte der Sheriff verbissen. »Sie müssen auf diesem Weg sein, irgendwo weiter vorn!«
»Ob wir da noch rechtzeitig hinkommen?« meinte Peter kläglich. »Wenn die erst mit dem Hubschrauber in die Luft gehen . . .«

Die beiden Entführer in dem felsenumgebenen Canyon sahen den Helikopter in einer wirbelnden Staubwolke aufsetzen. Der heftige Wind, den die noch schwirrenden Rotoren verursachten, zerrte an ihrem Haar und ihrer Kleidung. Als die Rotoren im Leerlauf langsamer kreisten, sprang der Pilot aus der Plexiglaskanzel. Unkenntlich mit Overall, Schutzhelm und Brille lief er zu den Entführern hin.

»Gerade zur rechten Zeit«, sagte der untersetzte Walt.
»Wir haben ihn!« setzte Fred mit breitem Grinsen hinzu.
Der Pilot blieb ernst. »Überall die Straße lang, wo ihr den Mercedes abgestellt habt, sind Polizeiautos! Ich meine, ich habe schon auf dem Weg durchs Gestrüpp Polizisten kommen sehen!«
»Auf unserem Weg?« Walt zog ein finsteres Gesicht. »Wie konnten die uns nur so rasch finden?«
»Der Junge!« rief Fred. »Der fiel doch dauernd hin! Wetten, daß der eine Spur gelegt hat?«
Walt lachte. »Na, wenn schon! Die brauchen mindestens eine halbe Stunde, bis sie von der Straße hierher durchkommen. Bis dahin sind wir längst oben bei den Vögeln.«
»Laß die dummen Witze, Walt«, fauchte der Pilot. »Holt jetzt den Jungen. Die Sache ist zu wichtig für unser Land, da dürfen wir uns keinen Fehler leisten.«
»Na schön«, fügte sich Walt, »dann holen wir ihn.«
»Wo ist er?«
»In dem Häuschen dort, unter Verschluß.«
»Gut«, sagte der Pilot. »Aber beeilen wir uns.«
Die drei trabten über das harte Erdreich des Canyons. Walt sperrte die Tür des kleinen Hauses auf. »Los, los, Junge, komm raus jetzt«, rief er.
»Walt!« rief Fred. »Der ist ja gar nicht da drin!«
Der dämmrige Innenraum des Hauses war leer!
»Der ist euch durch die Lappen gegangen!« schrie der Pilot wütend.
»Unmöglich«, sagte Walt. »Da kommt keiner raus.«
Sie starrten alle auf das verlassene Haus.
»Sollte man annehmen«, sagte Fred erbittert, »aber hier drin gibt's ja kein Versteck, und trotzdem ist er nicht mehr da!«
»Irgendwie ist er weggekommen!« rief der Pilot.
»Nun macht mal hier kein Drama«, gebot Walt. »Vielleicht ist er aus dem Bau herausgekommen, aber im Canyon muß er noch sein. Da führt nur der eine Weg heraus, und den hatten wir die

ganze Zeit im Blick. An uns wäre er nicht vorbeigekommen, Fred, also steckt er noch hinter dem Haus. Den schnappen wir uns!«
Die drei Entführer liefen weiter in den kahlen Canyon hinein und suchten einzeln das Gelände ab.

Keuchend drangen die Jungen, die Polizisten und Justs Tante und Onkel am Ende des Pfades in den langen, schmalen Canyon vor. Es war schon mehr als zwanzig Minuten her, seit der Hubschrauber über sie hinweggeflogen war, und sie spähten mit besorgten Blicken in den Canyon.
»Da ist er!« rief Bob.
Der Hubschrauber stand mit langsam kreisenden Rotoren tief drinnen im Canyon, und während sie noch hinschauten, kletterte der Pilot wieder in die Kanzel und machte die Maschine mit aufheulendem Motor startbereit.
»Aber lange steht der nicht mehr da!« rief Peter. »Schnell hin!«
Als sie auf die dröhnende Maschine zuliefen, kamen zwei Männer hinter einem kleinen Haus hervor. Sie trugen je eine Tasche und liefen zum Hubschrauber vor.
»Das schaffen wir nicht!« rief der Kommissar.
»Halt, stehenbleiben! Polizei!« brüllte der Sheriff im Laufen.
Doch da waren die Entführer beim Hubschrauber angelangt. Sie kletterten in die Kanzel, und hilflos mußte der Suchtrupp zuschauen, wie der Hubschrauber Vollgas gab und in einer Staubwolke senkrecht vom Boden abhob. Einen Augenblick schien er in der Luft stillzustehen, dann stieg er höher und schwenkte ab, mit knapper Not über die Steilwand weg, und dann entschwand er nach Süden!
Unten auf der Erde starrte die ganze Suchmannschaft hilflos und verdutzt zum Himmel auf.
»Sie . . . sie sind weg«, sagte Onkel Titus fassungslos.
»Ihr habt sie ein zweites Mal entwischen lassen!« schrie Tante Mathilda erregt. »Ihr Helden! Und wie stellt ihr euch das Weitere vor – wer befreit jetzt meinen Neffen?«

»Zu den Autos zurück!« rief der Sheriff. »Gebt über Funk eine Meldung durch. Der Hubschrauber flog nach Süden!«
Seine beiden Mitarbeiter setzten sich in Trab und liefen zu dem Fußweg zurück.
»Augenblick mal, Sir«, rief Bob. »Ich hab' Justus bei denen ja gar nicht gesehen! Nur die beiden Entführer und den Piloten!«
»Vielleicht haben wir sie zur Flucht aufgescheucht!« rief Peter.
»Vielleicht haben sie Justus in dem Haus dort zurückgelassen.«
Hauptkommissar Reynolds machte kehrt und lief los zu dem kleinen Haus. Er riß die Tür auf, und alle drängten sich nach ihm hinein. Sie schauten sich in dem kahlen Raum um.
»Hier ist er aber nicht!« sagte Peter kläglich.
»Dann war er eben schon in dem Hubschrauber«, sagte Bob verzweifelt. »Da sind wir ganz knapp zu spät gekommen!«
»Nein, Kollege«, kam da eine geisterhafte Stimme aus dem Nichts. *»Ihr seid wirklich genau zur rechten Zeit erschienen!«*
Zwei Bodenbretter hinten im Raum hoben sich, und grinsend tauchte Justus aus dem Raum unter dem Fußboden auf!
»Justus!« riefen alle durcheinander.
»Ja, hier bin ich«, sagte der Erste Detektiv nüchtern. »Oder hattet ihr jemand anders erwartet?«

Justus macht einen Fund

»... ja, und aus dem Bau gab es keinen Ausweg«, erklärte Justus den Zeitungsreportern, die ihn im Polizeipräsidium umdrängten. »Aber ich überlegte folgendes: da es in dem Haus kein Versteck gab, könnte ich ihnen weismachen, ich hätte die Flucht geschafft, indem ich mich ganz einfach unter dem Fußboden versteckt hielt! Und das funktionierte. Natürlich hätten sie mich noch rechtzeitig entdecken können, aber als die anderen ankamen, mußten sie flüchten!«

»Ganz schön schlau für sein Alter, der Junge«, sagte ein Reporter.

»Justus Jonas«, meldete sich Hauptkommissar Reynolds zu Wort, »ist auch nicht irgendein Junge. Das kann man von keinem der drei Freunde sagen. Sie sind echter Detektivnachwuchs, und sie haben uns schon oft bei unserer Arbeit unterstützt.«

»Das ist ja dann ein Knüller, Kommissar«, sagte der Reporter und nickte dem Fotografen zu. »Mach ein paar gute Bilder, Joe. Die Sache bekommen wir noch in die Abendausgabe rein.«

Während die Reporter Fragen stellten, sah Justus das Verbrecheralbum durch, das Fotos aller Personen enthielt, die jemals in Rokky Beach festgenommen worden waren. Und dann schilderte er die Entführer einem Polizeizeichner, der von den beiden Männern je eine Porträtzeichnung anfertigte.

»Und die Entführer sprachen überhaupt nicht darüber, worum es ihnen eigentlich ging?« fragte ein Reporter.

»Halt, das ist Sache der Polizei«, ging der Kommissar dazwischen. »Aber ich kann dazu einiges sagen. Mr. Titus Jonas ist nicht reich, und weder ihm noch seinem Neffen ist zur Zeit ein Motiv für die Entführung denkbar. Wir rechnen aber damit, daß wir die Hintergründe demnächst ermitteln und die Entführer festnehmen können.«

Enttäuscht über die unergiebige Darstellung schossen die Zei-

tungsleute noch ein paar Bilder und gingen dann wieder. Justus entdeckte die Entführer nicht in dem Album, und mit den Zeichnungen war er nicht einverstanden.
»Die Gesichter sehen den Entführern nicht sehr ähnlich«, bestätigte auch Bob.
»Haben Sie denn etwas Neues erfahren, Herr Kommissar?« fragte Peter eifrig. »Sie sagten doch, Sie rechnen damit, sie demnächst festnehmen zu können.«
»Daraus wird wohl leider so schnell nichts werden, Peter«, bekannte der Kommissar. »Das war für die Presse. Bei einer Entführung muß man dafür sorgen, daß die Medien nicht ausposaunen können, was die Polizei vorhat.«
»Und deshalb sagten Sie den Leuten auch nicht, daß ich hier nicht an eine gewöhnliche Kindesentführung glaube?« wollte Justus wissen.
»Ja, Justus«, sagte der Kommissar. »Je weniger wir nach Ansicht der Entführer klar sehen, um so besser für uns.«
»Aha«, sagte Justus. Er überlegte. »Jedenfalls haben sie mich aus irgendeinem Grund irrtümlich für den Sohn eines wichtigen Mannes in ihrem Land gehalten, wo immer das sein mag, und ich glaube, das Ganze ist als Racheakt angelegt oder hat was mit Politik oder sogar Kriegführung zu tun. Die Männer waren auf eine Geiselnahme aus.«
»Möglich«, meinte der Kommissar dazu, »aber jetzt bist du wenigstens in Sicherheit, und wir bekommen die Sache schon noch in den Griff. Nach dem Hubschrauber wird gefahndet, und diese Zeichnungen werden sofort in Umlauf gebracht. Ich rate euch Jungen, seid ein paar Tage recht vorsichtig. Bestimmt können wir diese Gangster bald dingfest machen. So, und da Mr. und Mrs. Jonas schon weggefahren sind, bringen wir euch allesamt im Dienstwagen nach Hause.«
Draußen vor dem Präsidium, beim Warten auf das Polizeiauto, schaute Justus auf die Uhr. Er runzelte die Stirn.
»Es ist ja schon ein wenig spät, aber vielleicht treiben wir jemand

auf, der uns im Lastwagen von Onkel Titus chauffiert«, sagte der Erste Detektiv nachdenklich.
»Wohin denn, Just?« fragte Peter. Dann biß er sich auf die Lippe. »Nein, sag's nicht. Ich will es gar nicht wissen.«
»Just!« rief Bob. »Schau, da ist Morton!«
Der lange Chauffeur stand neben dem goldbeschlagenen Rolls-Royce, der etwa vier Querstraßen weiter vorn parkte. Die drei Jungen liefen ihm entgegen.
»Sie sind ja noch hier, Morton!« rief Justus.
»Meine Dienstfahrt war offiziell noch nicht beendet, Herrschaften«, sagte der Chauffeur, »und ich wollte sicher sein, daß ihr heil und unversehrt seid.« Er zwinkerte ihnen zu. »Außerdem überlegte ich mir, daß es noch mehr als eine Stunde bis fünf Uhr ist, und vielleicht wollt ihr noch eine Fahrt anschließen.«
»Genau so ist es!« erklärte Justus. Er lief zu dem Polizeiauto hin, das gerade vorgefahren war, und verkündete, daß sie nun doch kein Transportmittel benötigten. Dann rannte er strahlend zum Rolls-Royce zurück. »Einsteigen, Freunde!«
Die Jungen stiegen in das blinkende Gefährt, und Morton auf dem Fahrersitz wandte sich mit ernster Miene um. »Wohin, bitte sehr?«
»Na, natürlich nochmals zu dem Canyon bei der Rattlesnake Road!«
»Nein, nur das nicht!« stöhnte Peter. »Der Kommissar sagte doch, wir müßten jetzt vorsichtig sein.«
»Sind wir doch auch.« Justus grinste. »Fahren Sie nur zu, Morton!«
Die Sommersonne stand noch hoch am Himmel, als sie den verborgenen Fußpfad erreichten, der von der Rattlesnake Road abzweigte. Morton schloß die Türen des Rolls-Royce ab, und nach etwa fünfundzwanzig Minuten kamen sie alle in dem Canyon heraus, wo Justus gefangengehalten worden war.
»Da ich lange Zeit in dem Haus war und irgendwelche Spuren in der Umgebung vielleicht nicht wahrnehmen konnte, schlage ich

vor, daß Peter und Morton innen und außen nachforschen«, meinte Justus. »Bob und ich werden das Landegebiet des Hubschraubers absuchen.«
»Aber was suchen wir eigentlich, Just?« fragte Bob.
»Außer den Problemen, die wir uns dabei aufhalsen«, murmelte Peter.
»Irgendeine Spur eben, Kollege«, sagte Justus, ohne Peters Einwand zu beachten. »Eine Spur, die darauf verweist, wer die Entführer sind, woher sie kommen, was sie sich zum Ziel gesetzt haben, oder wo sie zur Zeit sein könnten.«
Als die Sonne allmählich hinter den Klippen unterging und lange Schatten in den engen Canyon warf, gingen Peter und Morton rings um das kleine Haus auf die Suche, jedoch vergeblich. Auch Bob und Justus war am Landeplatz des Hubschraubers kein Erfolg beschieden. Dann fiel es Justus wieder ein, daß die Entführer hinter dem Haus nach ihm gesucht hatten. Die drei ??? und Morton trennten sich und arbeiteten sich im Gelände systematisch zum Ende des Canyons vor. Es wurde ihnen immer hoffnungsloser zumute. Doch da bückte sich Justus plötzlich. Er hob etwas auf und starrte verblüfft hin. Die anderen kamen gelaufen.
»Was hast du da?« fragte Bob.
»Weiß ich selber nicht«, sagte Justus zögernd. »Seht mal.«
Der zierliche Gegenstand in seiner Hand glitzerte im letzten Sonnenstrahl, der in den Canyon fiel. Es war die Miniaturausgabe eines Elefantenstoßzahns, anscheinend aus echtem Elfenbein, in ein goldenes Filigran gefaßt und an einer winzigen goldenen Öse befestigt.
»Könnte ein Ohrring sein«, meinte Peter.
»Vielleicht ein Anhänger oder Amulett?« vermutete Bob. »So was wie ein Talisman, Just?«
»Was es auch sein mag«, sagte Justus, »die Fassung ist von recht primitiver Machart und sieht nach Handarbeit aus. Ich glaube, es ist exotisches Kunsthandwerk, und im übrigen würde man so etwas nicht ohne weiteres in diesem Canyon hier vermuten.«

»Meinst du, das haben die Entführer verloren, Just?« fragte Peter.
Morton nahm den kleinen Zahn an sich und betrachtete ihn kurz. »Jetzt kommt es mir, Jungs – der Akzent dieser Entführer hörte sich ganz so an wie die Sprechweise der Bewohner früherer britischer Kolonien in Afrika, und dieser Zahn sieht ganz so aus, als sei er ein Schmuckstück der Eingeborenen, wie es in manchen Teilen Afrikas angefertigt wird. Ich wage die Behauptung, daß die Entführer das Ding tatsächlich hier verloren haben.«

Schmuck ist zwar neuerdings auch bei Herren wieder in Mode (und in außereuropäischen Kulturen meist traditionell Männersache), aber die Vermutung, daß die zierliche Fundsache einer Dame gehören könnte, ist nicht auszuschließen. Wir wollen ein wachsames Auge auf möglicherweise im Verlauf der Handlung noch auftauchende Personen weiblichen Geschlechts haben.

Justus war Feuer und Flamme. »Dann glaube ich, daß wir auch herausbekommen werden, woher sie stammen!«
»Hm – Just«, sagte Peter voll Unbehagen. »Ich denke, wir sollten die Finger von diesem Fall lassen.«
»Mit Entführern ist nicht zu spaßen«, meinte auch Bob warnend.
»Sicher, die Fahndung nach den Entführern muß die Polizei übernehmen«, räumte der Erste Detektiv ein. »Aber mir scheint, da ist irgendwo ein Junge in Gefahr, und ich bin überzeugt, daß er in Rocky Beach ist. Es liegt an uns, ihn zu finden und ihm zu helfen!«
»Hätte ich mir denken können, daß du doch einen Ansatzpunkt findest!« sagte Peter mit einem Seufzer.
»Vielleicht ist er sich über die Gefahr noch gar nicht im klaren, Kollegen. Zumindest können wir ihn warnen«, sagte Justus eindringlich. Er wandte sich an Morton. »Würden Sie uns jetzt bitte

nach Hause fahren, Morton, und dann den Wagen zur Firma zurückbringen.«
»Sehr wohl, die Herrschaften«, sagte der Chauffeur.
Als sie auf den schmalen Fußpfad zurückkehrten und im schwindenden Tageslicht zur Rattlesnake Road vorgingen, verzog Peter mißmutig das Gesicht.
»Wie sollen wir diesen Jungen nur finden?« wollte er wissen.
»Da gibt es viele Möglichkeiten«, erklärte Justus zuversichtlich.
»Aber ehe wir ihn finden können, sollten wir mehr über ihn wissen. Heute abend will ich einige Nachforschungen anstellen, und dann treffen wir uns morgen in der Zentrale und machen Pläne für unser weiteres Vorgehen!«

Freunde oder Feinde?

»Peter! Schling doch nicht so!« sagte Mrs. Shaw am nächsten Morgen beim Frühstück.

»Entschuldige, Mama. Ich hab's sehr eilig.«

Mr. Shaw blickte über seine Zeitung herüber. »Hoffentlich hat das nichts mit der Entführung deines Freundes Justus zu tun«, sagte er ernst. »In diese Angelegenheit solltet ihr Jungen euch nicht einmischen.«

»Klarer Fall, das wissen wir. Wir werden diesen Entführern nicht zu nahe kommen, wenn es nicht unbedingt sein muß.«

Mrs. Shaw lächelte. »Es ist eine sonderbare Vorstellung, daß man Justus Jonas mit jemand anders verwechseln könnte. Ich hätte nie gedacht, daß es noch einen Jungen geben könnte, der Justus so ähnlich sieht.«

»Just hat eben nichts mit ihnen geredet, Mama. Er hat den Mund gehalten.«

»Ah, jetzt verstehe ich.« Mrs. Shaw lachte. »Daran würde einer schon eher merken, daß er unverkennbar Justus vor sich hat, nicht?«

Peter grinste nur. Er aß seinen Teller leer, dann lief er hinaus zu seinem Fahrrad. Draußen war es noch immer kühl. Er fuhr zum Schrottplatz und machte am hinteren Zaun halt, fünfzig Meter vor der Ecke. Der ganze Zaun war von Künstlern aus Rocky Beach bunt angemalt worden, und hier an der Rückseite des Geländes war eine dramatische Darstellung des Brandes von San Francisco im Jahre 1906.

Peter nahm das Auge eines gemalten Hündchens heraus – nämlich den Stopfen in einem Astloch – und griff durch den Zaun. Er zog einen Riegel zurück, drei Planken ließen sich vorschwenken, und er trat durch das Rote Tor in den Schrottplatz ein.

Er ging zwischen Stapeln von Schrott und Gerümpel quer über

den Hof und fand Justus bei der Arbeit in seiner Freiluftwerkstatt. Der Anführer der drei ??? hatte auf seiner Werkbank die Einzelteile dreier kleiner Apparate ausgelegt.
»Unser Notrufsystem bedarf noch weitgehender Verbesserungen«, sagte Justus. »Du kannst mir helfen, solange wir auf Bob warten.«
»Was machen deine Nachforschungen und deine Pläne, diesen Burschen zu finden?« fragte Peter, während er sich über die einzeln aufgereihten Teile der Notrufgeräte beugte, die Justus vor Monaten für ihre Ermittlungsarbeit zusammengebaut hatte. »Hast du noch nichts herausgefunden?«
»So würde ich es nicht nennen«, meinte Justus mit einem Grinsen. »Gestern abend habe ich nämlich eine ganze Menge herausgefunden. Ich glaube nicht, daß wir mit der Aufgabe, diesen Ian Carew ausfindig zu machen, überfordert sind!«
»Mach's kurz, Mann!« rief Peter.
»Wir wollten doch auf Bob warten«, erwiderte Justus seelenruhig. »Sonst muß ich alles zweimal sagen.«
Peter war zum Zerreißen gespannt, aber Justus grinste nur und beschäftigte sich weiter mit den Geräten. Die beiden Jungen hatten sämtliche Teile gereinigt, überholt und wieder für den Zusammenbau vorbereitet, als Bob endlich eintraf. Er gelangte durch das Grüne Tor in die Werkstatt – zwei schwenkbare grüne Bretter im vorderen Bereich des Zauns.
»Tut mir leid«, sagte er, ganz außer Atem von der schnellen Radfahrt. »Mama hat mich noch erwischt und zur Hausarbeit eingespannt. Was machen unsere Pläne, Just? Hast du noch etwas von Kommissar Reynolds gehört?«
»Ja«, erwiderte Justus. »Ich habe den Kommissar schon in aller Frühe angerufen. Sie haben den Hubschrauber gefunden, er war auf einem Feld bei Ventura abgestellt.«
»Soll das heißen, die haben uns hereingelegt? Und sind nach Norden abgekurvt, obwohl sie nach Süden gestartet waren?« rief Bob.

Justus nickte. »Ein logischer Schachzug, als ihnen klar wurde, daß die Polizei sie erspäht hatte. Der Kommissar sagte, an der Maschine hätten sich keinerlei Spuren gefunden. Sie war schriftlich gemietet und durch Banküberweisung bezahlt worden. Als der Pilot auf dem Flugfeld ankam, trug er bereits Overall und Brille, also konnte ihn niemand beschreiben. Seine Pilotenlizenz war allerdings gefälscht, und die Personalien samt Anschrift, die er angab, erwiesen sich als fingiert.«
»Na, das bringt uns ja großartig weiter«, knurrte Peter.
»Und was ist mit den Entführern?« fragte Bob.
»Die konnte bis jetzt niemand identifizieren, geschweige denn festnehmen«, sagte Justus. »Die Fingerabdrücke, die von der Polizei im Hubschrauber und im Mercedes entdeckt wurden, sind beim FBI in Washington nicht registriert. Der Mercedes war im übrigen ein Leihwagen.«
»Folglich sind wir mit unserer Weisheit am Ende«, sagte Peter schroff.
»Möchte ich nicht sagen, Kollege.« Justus lächelte geheimnisvoll. »Wie gesagt, habe ich den letzten Abend mit Nachforschungen zugebracht, und ich glaube, wir können –«
Ehe er weitere Ausführungen machen konnte, ertönte hinter ihm eine schallende Stimme.
»Da bist du also, Justus Jonas!« Tante Mathilda stand im Eingang der Werkstatt. Sie hatte die Hände in die Hüften gestemmt. »Du hast doch vor zwei Tagen versprochen, daß du endlich im kleinen Lagerraum vollends aufräumst und saubermachst, oder etwa nicht? Und da lasse ich mich noch breitschlagen und gebe dir gestern abend frei! Hinterher hast du fest versprochen, die Sache heute früh als erstes zu erledigen, oder etwa nicht?«
»Tut mir leid, Tante Mathilda«, sagte Justus einfältig.
»Na, das hoffe ich auch! Das kommt wahrscheinlich alles davon, daß ihr jetzt die letzte Ferienwoche habt. Davonlaufen, herumlungern, alles Erreichbare auffuttern. Mein Kühlschrank sieht aus, als seien Raubtiere darüber hergefallen!«

»Den Kühlschrank hab' ich überhaupt nicht ange–«, stammelte Justus.
»Von wegen. Schau dich doch an, du wirst ja immer dicker. Ein bißchen Arbeit wird dir gut bekommen!«
»Ja, aber –«, erhoben Bob und Peter Einspruch. »Wir sollten noch –«
»Mir ganz egal, das kann warten, und ihr beide könnt hier mal die Werkstatt aufräumen, während Justus seine liegengebliebene Arbeit erledigt. Marsch jetzt, junger Mann!«
Justus seufzte. »Baut inzwischen die Geräte zusammen, Freunde. Ich komm' bald wieder.«
»Ja, wenn du nicht zu oft Pause machst und futterst«, sagte Tante Mathilda sarkastisch.

Sie glaubt dem Neffen nicht so ganz, die rechtschaffene und besorgte Tante . . . Andererseits ist es auch nicht so ganz Justs Art, etwas heimlich zu stibitzen und dann zu tun, als sei nichts gewesen.

Bob und Peter nickten trübsinnig, als Justus zum Büro abmarschierte, Tante Mathilda gleich einem gestrengen Feldwebel hinterher. Von Neugierde geplagt – was hatte Justus nur sagen wollen? – gingen sie wieder ans Werk und setzten die drei Notrufgeräte neu zusammen. Es war eine langwierige, heikle Arbeit, und Peter hatte zwei linke Hände. Aber dank Bobs Fingerfertigkeit hatten sie schließlich die kleinen Apparate doch wieder beisammen. Danach räumten sie die Werkstatt auf.
Als Justus dann noch immer nicht zurück war, wollten sie gerade durch Tunnel II kriechen, um nun in der Zentrale auf ihn zu warten.
»Halt, Freunde!«

Mit gerötetem Gesicht und schweißbedeckt von der harten Arbeit im Lagerraum kam Justus in die Werkstatt gelaufen. Bob und Peter kletterten wieder aus dem Tunnel.
»Was war nun gestern abend, Just?« fragte Peter begierig.
»Was hast du herausgefunden?« wollte Bob wissen.
»Na, ich habe beim Nachschlagen –«
»Justus Jonas!«
Schon wieder rief Tante Mathilda vom Büro herüber!
»Das darf doch nicht wahr sein!« stöhnte Peter.
»Schnell, verstecken wir uns!« drängte Bob.
»Ich fürchte nur, das wird nichts nützen«, meinte Justus.
»Justus hat recht«, pflichtete Peter entmutigt bei. »Vor Tante Mathilda kann man sich nicht verstecken. Scotland Yard, FBI und kanadische Gebirgsjäger in Personalunion – das ist sie! Da müssen wir schon hingehen.«
Sie traten aus der Werkstatt und überquerten den Hof, indem sie sich zwischen den Schrottbergen hindurchwanden. Plötzlich zeigte Bob auf Tante Mathilda, die vorne beim Büro stand.
»Just! Da sind ja zwei Männer bei ihr!«
»D-doch nicht die Entführer!« stammelte Peter.
»Nein«, sagte Bob. »Der eine ist ein Schwarzer.«
»Ein Schwarzer?« rief Justus. »Na klar, das ist nur logisch. Kommt mit, Freunde.«
»Logisch?« Peter war verdutzt. »Was soll das heißen?«
Aber Justus war schon vorausgelaufen. Vor dem Büro holten ihn Bob und Peter wieder ein. Tante Mathilda beäugte die drei Jungen mißtrauisch.
»Die Herren hier möchten euch sprechen«, sagte sie. »Es geht um einen Auftrag. Habt ihr das etwa gemeinsam geplant, um euch für den Rest der Woche vor der Arbeit zu drücken?«
»Nein, Madam«, sagte der Mann mit der weißen Hautfarbe. Er war groß und blond und ebenso auffallend sonnengebräunt wie die Entführer. »Wir haben tatsächlich einen kleinen Ermittlungsauftrag für die Jungen.«

Die drei ??? starrten den großen blonden Mann an – er sprach mit demselben eigenartigen britischen Akzent wie die Entführer!
»Hoffentlich hält sich das im Rahmen«, stieß Tante Mathilda barsch hervor. »Nächste Woche fängt die Schule wieder an – es wird wirklich Zeit.«
Mit diesem gezielten Schuß setzte sich Tante Mathilda ins Büro ab und ließ die Jungen mit den fremden Besuchern allein. Justus schaute sich schnell nach allen Seiten um, dann bedeutete er den beiden Männern, den drei ??? in die Werkstatt zu folgen. Dort angelangt, wandte sich Justus erwartungsvoll an die Männer.
»Es geht um die Entführung?« sagte er. »Wer sind Sie, bitte?«
»Ich heiße Gordon MacKenzie«, sagte der blonde Mann, »und das« – er machte eine Kopfbewegung zu dem Farbigen hin – »ist Adam Ndula. Richtig, es geht um deine Entführung.«
»Wir brauchen Unterstützung, von guten einheimischen Detektiven«, sagte Adam Ndula. »Wir können dir sagen, warum du entführt wurdest, und was die Entführer wirklich vorhatten.«
»Wir sind gern zur Hilfe bereit, Mr. Ndula«, sagte Justus. »Aber uns ist bereits bekannt, warum ich entführt wurde und was die Entführer tatsächlich wollen!«
»Ist mir neu!« warf Peter ein.
»Ja, Kollege, es ist aber so«, erklärte Justus selbstzufrieden. »Ich wurde entführt, weil ich einem Jungen namens Ian Carew zum Verwechseln ähnlich sehe. Ian ist der Sohn von Sir Roger Carew. Sir Roger ist Premierminister der kleinen britischen Kolonie Nanda in Südafrika und arbeitet zur Zeit darauf hin, daß Nanda im nächsten Jahr seine Unabhängigkeit erklärt und künftig von einer Regierung der schwarzen Mehrheit und den in Nanda geborenen gemäßigten Weißen geführt wird. Seine Gegner sind aber einerseits die Untergrundorganisation ›Schwarzes Nanda‹, deren Mitglieder alle Weißen des Landes verweisen wollen, andererseits die Partei der weißen Extremisten, die eine ausschließlich mit Weißen besetzte Regierung und Militärführung anstreben und die schwarze Mehrheit in unwürdiger Abhängigkeit halten wollen.«

»Mann, Just, woher weißt du denn das alles?« fragte Bob verwundert.
»Und was hat das mit deiner Entführung zu tun?« meinte Peter.
»Es ist das Motiv für die Entführung, Kollege«, erklärte der Erste Detektiv. »Die Entführer gehören zur Partei der weißen Extremisten. Sie planten Ian Carews Geiselnahme, um Sir Roger zur Kursänderung zu zwingen und in Nanda eine weiße Regierung zu bilden. Mr. MacKenzie und Mr. Ndula gehören Sir Rogers gemäßigter Partei an, und sie sind hergekommen, um Ian zu befreien.«
In der Werkstatt war es plötzlich ganz still geworden.
»Du weißt viel«, sagte Adam Ndula. »Ich meine, zu viel!« In der dunklen Hand blinkte eine schwere Pistole.

»Djangas Stätte«

Ndulas Augen glommen in dem dunklen Gesicht. Er zielte mit seiner Pistole genau auf Justus.
»Es gibt nur eine Erklärung dafür, daß du all das wissen kannst«, sagte der Afrikaner aufgebracht. »Und daß du weißt, wer wir sind. Du arbeitest mit den Entführern zusammen! Du bist ein Spion!«
»Vorsicht, Adam«, sagte MacKenzie. Sein Ton war gelassen, aber sein Blick war so vernichtend wie der seines Begleiters Ndula. »Na, junger Mann, was hast du zu sagen? Woher weißt du so viel über uns?«
»Es ist wirklich alles ganz einfach, Mr. MacKenzie«, sagte Justus mit seiner würdevollsten Stimme. »Ich bin weder ein Spion noch ein Einfaltspinsel. Denn wenn ich mit den Entführern zusammenarbeitete, dann wäre ich nicht so töricht, offen über alles zu reden.«
Ndula sah sich den Ersten Detektiv genau an. »Weiter, Junge.«
»Nun erkläre uns, wieso alles ganz einfach ist«, forderte ihn MacKenzie auf.
»Schön«, erwiderte Justus. »Während ich in Gefangenschaft war, konnte ich die Entführer belauschen. Sie sprachen mit eigenartigem Akzent und hatten mich allem Anschein nach mit einem Jungen namens Ian verwechselt, dem Sohn eines wichtigen Mannes namens Sir Roger. Nachdem ich entkommen war, gingen wir an die Stelle zurück, wo sie mich eingesperrt hatten. Und da fanden wir das hier –« Er hielt den zierlichen goldgefaßten Elfenbeinzahn hoch. »Unser Fahrer, Morton, war sicher, daß es aus Afrika stammt, und er war auch überzeugt, daß der Akzent der Entführer sie als Einwohner einer britischen Kolonie in Afrika auswies.«
MacKenzie nahm den kleinen Stoßzahn an sich und betrachtete

ihn genau. Er hielt ihn Ndula hin, damit dieser ihn auch ansehen konnte. Ndula schüttelte den Kopf.

»Wir haben in Rocky Beach eine hervorragende Bibliothek«, fuhr Justus fort. »Ich hatte bald herausgefunden, daß in der britischen Kolonie Nanda der Premierminister Sir Roger Carew heißt, und daß sich das Land gegenwärtig um Unabhängigkeit bemüht. Die Kidnapper waren zweifellos Gegner von Sir Roger, die ihn durch Ians Entführung unter Druck setzen wollten. Folglich mußten es weiße Extremisten sein, die gegen seine Pläne für Nandas Zukunft sind. Da Sie beide denselben Akzent haben und da Sie gemeinsame Ziele verfolgen, obwohl Sie von verschiedener Rasse sind, lag die Schlußfolgerung nahe, daß Sie zu Sir Roger Carews Anhängern gehören!«

»Ah ja«, rief Peter, »nun ist es doch ganz einfach.«

»So wie der junge Jonas es erklärt, ja«, sagte MacKenzie lächelnd. Er schaute Ndula an. »Zufrieden, Adam?«

»Ja«, sagte Ndula, und er steckte die Pistole ins Schulterhalfter zurück. »Die Jungen erscheinen mir glaubwürdig.«

»Und gute Detektive sind sie vermutlich auch«, sagte MacKenzie. »Was uns der junge Jonas schlagend beweisen wollte, wie?«

Justus wurde rot und grinste. »Ich dachte, vielleicht ist eine Kostprobe unserer Arbeit von Nutzen.«

»Ja, und vielen Dank«, sagte MacKenzie. »Wir sind erst gestern in Rocky Beach eingetroffen und haben in der Abendzeitung von deiner Entführung gelesen. Als wir dein Foto sahen, wußten wir sofort, was passiert war. Die Zeitung erwähnte eure detektivischen Aktivitäten, und da erkundigten wir uns heute früh und erfuhren, daß ihr Jungen tatsächlich als Detektive arbeitet. Nun, eine kleine Demonstration nützt mehr als viele Worte, wie?«

Justus nickte und reichte ihm mit einer schwungvollen Geste die Geschäftskarte der drei ???. Die beiden Afrikaner betrachteten sie aufmerksam. Der aufgedruckte Text lautete:

Die drei Detektive
Wir übernehmen jeden Fall
???

Erster Detektiv	Justus Jonas
Zweiter Detektiv	Peter Shaw
Recherchen und Archiv	Bob Andrews

»So richtig berufsmäßig«, stellte MacKenzie dazu fest.
»Dann geben Sie uns den Auftrag?« rief Peter.
MacKenzie nickte Ndula zu. »Was meinen Sie, Adam? Sind diese findigen jungen Leute das, was wir brauchen?«
»Ich denke, sie werden zurechtkommen, Gordon«, sagte Ndula mit einem Lächeln.
Da strahlten Bob und Peter. Nur Justus sah nachdenklich aus.
»Sir, wie ausgeprägt ist nun eigentlich meine Ähnlichkeit mit Ian Carew?« fragte er.
»Du kannst mich Mac nennen, dann sage ich Justus, ja? Du bist tatsächlich Ians Doppelgänger – die Ähnlichkeit ist geradezu unheimlich. Nicht ganz täuschend für jemand, der Ian gut kennt, aber doch verblüffend. Außerdem hat Ian in den letzten zwei Jahren in den Vereinigten Staaten gelebt, und in diesem Zeitraum verändert sich ein Junge ziemlich stark, also konnten diese Kidnapper dich leicht mit ihm verwechseln. Natürlich spricht auch Ian den heimatlichen Akzent. Ich bin deshalb überrascht –«
»Ich hatte das vermutet, Mac«, erklärte Justus, »und deshalb sah ich mich gut vor, damit ich nur nichts sagte. Ich befürchtete, daß ich in noch größerer Gefahr sein würde, wenn die Entführer ihren Irrtum bemerkten.«
»So wäre es sicher gewesen«, sagte Ndula ernst. »Vom Namen her und nach der Personenbeschreibung sind sie uns nicht bekannt, aber diese weißen Extremisten sind sehr gefährlich.«
»Wir vermuten, sie haben den kleinen Elfenbeinzahn verloren«, sagte Bob. »Ist er Ihnen bekannt?«

»Nein«, antwortete Ndula, »aber aus Nanda stammt er ganz sicher.«
»Dann ist es also auch sicher, daß es sich bei den Entführern um Extremisten aus Nanda handelt?« fragte Justus.
»Ja«, bestätigte MacKenzie. »Ian hat in letzter Zeit eine Schule in Los Angeles besucht. Man wollte damit einem Versuch zuvorkommen, daß er von anderer Seite zu einer Erpressung seines Vaters mißbraucht würde. Irgendwie machten aber die Extremisten seinen Aufenthaltsort ausfindig und versuchten ihn vor einer Woche in Los Angeles zu entführen. Er ist ihnen entkommen, aber seither ist er verschwunden. Sir Roger zu Hause war verzweifelt, bis Ian ihm durch die Handelsvertretung des Landes Nanda in Los Angeles eine Nachricht zukommen ließ.«
»Und wie lautete die Nachricht?« fragte Justus.
»Was ist denn eine Handelsvertretung?« wollte Peter wissen.
»Eine Handelsvertretung ist eine Dienststelle, die der Förderung des Handelsverkehrs zwischen zwei Nationen dient«, erklärte Ndula.
»Die Nachricht war ganz kurz und rätselhaft«, sagte MacKenzie. »Im Grunde sagte sie uns nichts, außer daß darin Rocky Beach erwähnt wurde. Ian mußte befürchtet haben, daß unsere Gegner die Nachricht zu Gesicht bekommen, und das ist ihnen offenbar auch geglückt, sonst wären sie ja nicht auf der Suche nach ihm hierher gekommen.«
»Und wir sollen versuchen, den Text zu entschlüsseln!« rief Peter
»Dürfen wir ihn mal lesen?« fragte Bob eifrig.
»Wir verwahren die Nachricht sicherheitshalber im Hotelsafe«, sagte Ndula. »Wir fahren euch aber sofort hin.«
Die drei Jungen folgten den Afrikanern über den Hof zu einem schwarzen Cadillac. Beim Einsteigen hielt Peter plötzlich inne.
»Just!« sagte der Zweite Detektiv dringlich. »Dort, das Baugelände!«
Er zeigte über die Straße auf den unbebauten Platz neben dem Wohnhaus von Tante Mathilda und Onkel Titus.

»Da war jemand vorn beim Gebüsch!« sagte Peter. »Ich täusche mich bestimmt nicht!«
»Sollen wir mal nachschauen?« meinte MacKenzie.
Vorsichtig näherten sie sich dem Platz. Er war durch Sträucher von der Straße abgeschirmt, aber wenn man genau hinschaute, war der Durchblick bis zum nächsten Häuserblock doch möglich. Auf dem Gelände war niemand zu sehen. Peter suchte bei den Sträuchern, wo er jemanden gesehen zu haben glaubte, und zeigte auf den Erdboden. Da lag ein noch glimmender Zigarettenstummel.
»Also war doch jemand hier!« rief Peter.
»Wahrscheinlich nur ein Arbeiter zur Zigarettenpause«, sagte Justus voll Unbehagen.
»Vielleicht«, sagte MacKenzie.
»Und abgesehen davon«, meinte Justus noch, als versuche er sich selbst zu überzeugen, »warum sollte sich da jemand vor dem Schrottplatz auf die Lauer legen? Wenn die Entführer noch in der Gegend sind, haben sie ja sicherlich die Zeitung gesehen und ihren Irrtum erkannt.«
Sie kehrten zu dem Cadillac zurück, und Ndula setzte sich ans Lenkrad. MacKenzie wandte sich an die Jungen.
»Wir müssen Ian finden, und zwar schnell«, sagte er. »Vielleicht hat euch doch niemand aus dem Baugelände beobachtet, aber ich fürchte, die Entführer halten sich noch immer in der Nähe von Rocky Beach auf. Die geben nicht so leicht auf. In Nanda steht für sie zu viel auf dem Spiel, als daß sie sich von der Polizei einschüchtern ließen.«
»Menschen sind imstande, für eine Überzeugung bis zum Letzten einzutreten«, bestätigte Justus mit bedenklicher Miene.
»Ja, Justus«, sagte MacKenzie. »Und zwar gilt das nicht nur für politische Extremisten. Sir Roger liebt Ian, aber an erster Stelle kommt sein Land. Auch wenn die Extremisten Ian in ihre Gewalt bekommen, wird Sir Roger nicht tun, was sie von ihm verlangen. Nicht einmal um den Preis des Lebens seines Sohnes.«

Die drei Jungen schwiegen betroffen. Bald bog der große Wagen in die Auffahrt des Hotels ›Miramar‹ am Strand ein. MacKenzie nahm die Jungen mit ins Zimmer, während Ndula die Nachricht aus dem Hotelsafe holte. Dann schloß MacKenzie hinter Ndula die Tür ab, und alle umstanden Justus, der die Nachricht laut vorlas.

»Überfall in Los Angeles. Angst. Rocky Beach, Djangas Stätte.«

Die Jungen sahen einander verstört an.

Peter rief: »Damit sagt er im Grunde gar nichts!«

»Und offenbar ist auch nichts verschlüsselt!« setzte Bob hinzu.

»Nein«, bestätigte Justus und starrte die rätselhafte Botschaft an. »Außer vielleicht der letzte Teil – Djangas Stätte. Was soll das bedeuten?«

»Wir hoffen, ihr könnt das für uns ermitteln«, meinte MacKenzie. »Wir haben in jedem Führer über Rocky Beach nachgeschlagen, aber ›Djanga‹ kommt da nirgends vor. Da dachten wir, das müsse etwas rein Lokales sein, das nur Leute kennen, die hier wohnen.«

»Ich habe das aber auch noch nie gehört«, sagte Bob.

»Ich auch nicht«, bestätigte Peter.

Und auch Justus schüttelte den Kopf.

»Es ist hoffnungslos, Gordon«, sagte Ndula mit hängenden Schultern. »Die Jungen hier können uns nun doch nicht helfen.«

Justus läßt nicht locker

»Hoffnungslos«, sagte Justus sehr bestimmt, »ist eine Sache niemals.«
»Hast du denn eine Idee, Justus?« sagte MacKenzie rasch.
»Wie sieht's aus, Kollege?« fragte Bob.
Justus ließ sich die kurze, rätselhafte Nachricht nochmals durch den Kopf gehen. »Ian hatte Angst davor, er könne in Los Angeles entführt werden«, sagte der Erste Detektiv. »Da brannte er durch und kam hierher. Aber warum wählte er als Versteck ausgerechnet Rocky Beach?«
»Er kam in den Schulferien öfter her«, erklärte Ndula. »Als Sir Roger ihn letztes Jahr besuchte, verbrachten sie eine Woche hier oben.«
»Dann kennt er also Rocky Beach«, rief Justus.
»Ja natürlich, wenn er schon hier war«, sagte Peter. »Was soll daran Besonderes sein?«
»Das ist was Besonderes, Peter, weil es wahrscheinlich bedeutet, daß er als Versteck einen bestimmten Platz im Sinn hatte, und daß er Sir Roger mitteilen wollte, wo er zu finden wäre. Das muß seine Absicht gewesen sein, als er die Worte ›Djangas Stätte‹ verwendete.«
»Aber Sir Roger weiß überhaupt nicht, was Ian damit meinte«, wandte Ndula ein.
»Und doch«, meinte Justus unbeirrt, »muß das der Schlüssel zu seinem Versteck sein. Er war verängstigt und auf der Flucht, und in der hinterlassenen Nachricht hat er sich bestimmt mit Absicht kurz gefaßt. Es muß einen Grund haben, warum er ›Djangas Stätte‹ nannte, und da es in Rocky Beach keinen Ort dieses Namens zu geben scheint und wir davon nie gehört haben, muß das eine Nebenbedeutung enthalten, die indirekt auf seinen Aufenthaltsort hinweist.«

»Damit die Extremisten nicht klar sehen, wenn sie seine Nachricht abfangen können«, rief Peter.
»So ist es«, sagte Justus. »Mac, das Wort klingt unverkennbar afrikanisch. Was ist für Sie aus Nanda damit gemeint?«
»Das ist ja gerade das Problem«, sagte MacKenzie verzweifelt. »Die Bedeutung des Wortes hilft uns nämlich auch nicht weiter. Djanga ist der Name des letzten berühmten Häuptlings des Eingeborenenvolks von Nanda, das die Mehrheit unserer Bevölkerung bildet. Adam gehört auch zu diesem Stamm.«
»Djanga war der letzte Häuptling, der Anfang der achtziger Jahre des vorigen Jahrhunderts gegen die europäischen Eindringlinge und Siedler kämpfte«, erklärte Ndula. »Sein Name bedeutet soviel wie ›Donnerwolke‹ oder ›Regenrauschen‹, je nachdem wie man den Sinn überträgt.«
»Weiter nichts?« fragte Justus enttäuscht. »Na gut, gibt es dann wenigstens eine Stätte, mit der man Djanga in Verbindung bringt? Oder ein besonderes Ereignis, eine Tat oder Person, die mit ihm zu tun haben?«
»Solche Dinge muß es zu Hunderten geben, Justus«, sagte MacKenzie. »Djanga ist in Nanda eine Legende. Es gibt in Verbindung mit ihm zahllose Mythen, Geschichten, Schlachten, Menschen und Ereignisse. Es könnte Wochen dauern, das alles eingehend zu untersuchen.«
»Und so viel Zeit haben wir nicht«, sagte Ndula. »Zeit ist jetzt das Wichtigste. Wir haben möglicherweise nur Tage zur Verfügung.«
»Mann, Just, das sieht aber doch ziemlich hoffnungslos aus«, sagte Bob.
»Es muß sich klären lassen!« fuhr Justus erbittert auf. »Ian hatte nichts mehr zu verlieren, also lag es nahe, daß er eine Bedeutung verwendet, die auf der Hand liegt. Er mußte sicher sein, daß der Leser sofort weiß, woran er ist. Mac, können Sie uns die wichtigsten Plätze, Ereignisse oder Taten nennen, die mit Djanga zu tun haben? Stichworte also, die den Menschen in Nanda normalerweise geläufig sind?«

»Ja –« MacKenzie überlegte scharf. »Da wäre sein großer Sieg über die britische Armee bei Imbala, und seine endgültige Niederlage bei Zingwala. Der General, den er besiegte, war Lord Fernwood, und der Gegner, dem er letztlich unterlag, war General Audley.«

Bob zog rasch sein Notizbuch hervor und schrieb sich all die Namen auf.

»Djangas Residenz war Ulaga«, setzte Ndula hinzu. »Nach seiner Niederlage internierten ihn die Briten in Fort George.«

»Von dort flüchtete er und versuchte den Kampf noch einmal aufzunehmen«, fuhr MacKenzie fort. »Sein Hauptquartier war damals das abgelegene Karga-Tal.«

»Und er fiel in einem letzten kleinen Gefecht bei einem Dorf namens Smith's Ford«, schloß Ndula.

Justus nickte. »Also müssen wir uns alle Namen vornehmen, die eine Beziehung zu ihm haben, und –«

Ein lautes Pochen an der Tür ließ alle aufhorchen. Es klopfte heftig und eindringlich. Dann hörte man eine Frauenstimme.

»Mr. MacKenzie? Mr. Ndula? Sind Sie hier?«

MacKenzie schritt zur Tür. »Das ist Miss Lessing von der Handelsvertretung. Über sie stehen wir mit Sir Roger in Verbindung.«

»Vielleicht hat Sir Roger Ian gefunden?« rief Ndula.

MacKenzie schloß die Tür auf, und eine große dunkelhaarige Frau in blauem Pullover und grauer Hose trat schnell ins Zimmer.

»Haben Sie ihn gefunden?« fragte sie rasch. »Sie sagten mir doch, ich solle mich nicht übers Telefon melden, und nun habe ich hier eine dringende vertrauliche Mitteilung von Sir Roger, in der es heißt –«

Da sah Miss Lessing die Jungen und hörte auf zu reden. Sie schaute die drei ??? mißtrauisch an.

»Es fiel mir nicht gleich auf, daß Sie nicht allein sind, Mr. MacKenzie«, sagte sie kühl. »Leider ist Sir Rogers Mitteilung streng dienstlich. Vor Fremden muß ich sie geheimhalten.«

»Geht es um Ian, Miss Lessing?« fragte MacKenzie.

»Hat Sir Roger ihn gefunden? Hat er nochmals von ihm gehört?« setzte Ndula hinzu.
»Leider nein, keines von beiden.«
»Na gut«, sagte MacKenzie. »Hört mal, Jungen, ihr könnt jetzt mit euren Ermittlungen anfangen. Vergeßt nicht: wir müssen Ian so schnell wie möglich finden. Wendet euch an uns, sobald ihr auf irgend etwas gestoßen seid.«
Die Jungen nickten und verließen das Hotelzimmer. Vor dem Gebäude liefen sie gleich zur Bushaltestelle los.
»Wo fangen wir an mit unseren Ermittlungen, Just?« fragte Bob eifrig.
»Wir schlagen alle Stichworte, die wir zu ›Djanga‹ notiert haben, nach – im Telefonbuch, im Adreßbuch, im Stadtplan und in sonstigen Schriften über Rocky Beach«, erklärte Justus. »Er schrieb ja ›Djangas Stätte‹, also nehmen wir uns zunächst mal die Ortsangaben vor. Wir wollen getrennt vorgehen. Peter sieht sich auf dem Rathaus die Stadtpläne an. Bob studiert das Adreßbuch und das Telefonbuch, und ich versuche es beim Historischen Forschungsinstitut.«
»Kann ich vorher zum Mittagessen nach Hause gehen?« Peter grinste.
»Hab' dich nicht so.« Justus seufzte ungeduldig. »Besorg dir irgendwo eine Grillwurst und mach dich an die Arbeit. Heute nachmittag treffen wir uns dann alle in der Zentrale.«
Der Bus kam angefahren, und sie stiegen ein. Während der Fahrt zur Innenstadt zog Bob sein Notizbuch aus der Tasche und machte drei Listen von allen Ortsangaben in Verbindung mit Djanga. Mit diesen Informationen ausgerüstet machten sich die Jungen dann nach verschiedenen Richtungen zur Ermittlungsarbeit auf.
Es war halb vier vorbei, als Justus das Historische Forschungsinstitut verließ und zur Zentrale der drei ??? zurückkehrte. Er hatte in sämtlichen heimischen Stadtführern und neueren geschichtlichen Werken über das Gebiet um Rocky Beach nachgelesen, jedoch keine Ortsbezeichnung gefunden, die Ähnlichkeit mit Imba-

la, Zingwala, Ulaga, Fort George, Karga oder Smith's Ford besaß. Auch die Namen Fernwood oder Audley tauchten nirgends auf.
Weder Bob noch Peter waren in der Zentrale. Justus legte in der Werkstatt neue Batterien in die Notrufgeräte ein und steuerte alle drei Apparate sorgfältig aus. Dann setzte er sich in die Zentrale und zerbrach sich den Kopf wegen irgendeiner Verbindung zwischen Häuptling Djanga und Rocky Beach.
Hier mußte es einen Zusammenhang geben, und Justus war überzeugt, daß er in einem der berühmten Ortsnamen aus der Vergangenheit des alten Stammeshäuptlings zu suchen war. Ian hätte es bestimmt nicht darauf angelegt, daß sein Stichwort die Fahndung nach ihm allzu sehr erschwerte.
Es war fast fünf Uhr, als Bob und Peter endlich auch ankamen. Ihre düsteren Mienen sprachen Bände.
»Nichts, rein gar nichts«, sagte Bob mit einem Seufzer.
»Es sind ja in den meisten Fällen afrikanische Namen, Just«, fügte Peter hinzu. »Und Rocky Beach hat nun einmal nichts Afrikanisches.«
»Wir sind noch nicht überall durch«, sagte Justus. »Nach dem Abendessen gehen wir mal zur Bibliothek und schlagen bei Djanga nach. Vielleicht gibt es noch ein paar andere wichtige Ortsnamen, die Mac und Ndula zu nennen vergaßen.«
»Ich gehe aber heute abend mit meinen Eltern weg«, sagte Bob.
»Und ich muß nach dem Essen im Haus helfen«, sagte Peter.
»Na schön«, sagte Justus. »Dann mach' ich eben allein weiter.«
»Du, Just –« sagte Peter bedrückt. »Ich habe einfach das Gefühl, als seien wir auf dem falschen Dampfer.«
»Könnte ich mir auch vorstellen, Just«, meinte Bob.
»Nein! Nach meiner festen Überzeugung wollte uns Ian mitteilen, wo er sich aufhält.«
Aber so ganz zuversichtlich sah Justus nun auch nicht mehr aus.

Auch Justus übersieht mal etwas

Am nächsten Morgen beim Frühstück trödelte Justus auffallend lange. Er war überhaupt nicht hungrig.
»Du liebe Güte! Bist du krank, Junge?« fragte Tante Mathilda mit schallender Stimme.
»Nein, verehrte Tante«, sagte Justus, doch er seufzte hörbar.
Er hatte schlecht geschlafen, war früh erwacht und hatte in der kühlen Morgendämmerung dagelegen. Ob Peter diesmal etwa recht behalten sollte? Er hatte in der Bibliothek ein ganzes Buch über Nanda entdeckt, hatte den Band entliehen und die halbe Nacht über der Lektüre in der Zentrale zugebracht. Soweit er es beurteilen konnte, hatte sich daraus zu den Namen und Ortsangaben, die MacKenzie und Ndula den drei ??? genannt hatten, nichts Neues ergeben.
»Jetzt ein wenig Toast und gebratenen Speck? Oder eine Waffel?« bot Tante Mathilda mit jäher Besorgnis an, als Justus endlich seine Cornflakes bewältigt hatte.
»Na ja – vielleicht eine Waffel«, meinte er. »Und ein ganz klein bißchen Speck. Vier oder fünf Scheiben, das reicht vollauf.«
»Der Junge verhungert uns ja noch«, äußerte Onkel Titus dazu.
Justus war noch immer davon überzeugt, daß Ian Carew zu offenbaren versucht hatte, wo er sich versteckt hielt, aber entweder war Ian allzu vorsichtig zu Werke gegangen, oder Justus hatte etwas übersehen. Er mußte bekennen: hier war er mit seiner Weisheit am Ende. Und es kam noch schlimmer – als er mit Frühstücken fertig war, fiel ihm einfach nicht ein, was er als nächstes tun könnte!
Gerade da läutete das Telefon. Justus sah nicht einmal von seiner letzten Scheibe Speck auf. Sein Versagen machte ihm schwer zu schaffen. Die Vorstellung, er müsse sich auch einmal geschlagen geben, fand er grauenhaft.

»Bob ist dran, für dich«, meldete Tante Mathilda.
Justus nahm mißmutig den Hörer auf. »Ja, Kollege?«
»Du hattest es ja doch gefunden, Just! Warum hast du uns das nicht gesagt?«
»Was?« Justus blinzelte. »Was soll ich gefunden haben?«
»Na, die Lösung! Ians Versteck!«
»Bitte keine Scherze«, sagte Justus wütend. »Ich bin heute früh nicht in besonders strahlender Laune. Wir müssen uns eben noch einmal an MacKenzie und Ndula wenden und etwas anderes probieren. Vielleicht –«
»Soll das etwa heißen, du hast es gar nicht gefunden?« fragte Bob verdutzt.
»Gefunden? Was denn gefunden? Und wo?«
»In dem Buch, das du gestern abend aus der Bibliothek entliehen hast.«
»Versteh' ich nicht. In dem Buch steht ja nichts Neues drin. Ich habe es genau durchgelesen.«
»Dann hast du's eben übersehen! Wir sind beide drüben in der Zentrale. Komm schnell her!«
»Bob? Was –«
Aber Bob hatte aufgelegt. Justus schlang den letzten Bissen seiner Waffel hinunter und lief aus dem Haus zum Schrottplatz hinüber. Als er durch die Bodenluke in die Zentrale einstieg, empfingen ihn Peter und Bob mit spitzbübischem Grinsen.
»Ein guter Detektiv hält jederzeit die Augen offen«, sagte Peter mit gespieltem Ernst.
»Hast du das tatsächlich übersehen, Just?« Bob konnte sich das Lachen kaum verkneifen.
»Was wird da schon zu übersehen gewesen sein . . .« knurrte Justus.
»Sag's ihm, Bob«, drängte Peter.
»Also schön«, fing Bob an. »Du warst nicht da, als wir hierherkamen, und während wir warteten, sah Peter das Buch liegen, das du dir gestern abend geholt hattest. Da schlugen wir das Kapitel über

den großen Häuptling Djanga auf – und schon hatten wir es!«
»Was denn, zum Kuckuck?« fragte Justus. »Komm zur Sache, Mann!«
Bob nahm sich das Buch vor und begann zu lesen. »Für Djanga, den letzten der großen Stammeshäuptlinge von Nanda, kam der große Augenblick der Hoffnung beim Sieg seiner überragenden Streitmacht über eine unzulänglich geführte britische Armee von sechshundert Weißen und tausend Eingeborenen in Imbala. Am Berg des Roten Löwen konnte somit das Vordringen der Europäer noch einmal für drei Jahre aufgehalten werden.«
Bob hielt inne. Er und Peter grinsten Justus erwartungsvoll an. Der gewichtige Erste Detektiv blinzelte nur.
»Na und?« sagte er vorsichtig. »Imbala war uns ja schon bekannt –«
»Just!« rief Bob. »Der Berg des Roten Löwen! Die Übersetzung des afrikanischen Namens ›Imbala‹! Fällt dir denn dazu nichts ein? Die Ranch zum Roten Löwen! Der berühmte alte Gasthof, wo früher die ganze Garde der Hollywoodstars in ländlicher Abgeschiedenheit die Ferien verbrachte!«
Einen Augenblick lang war Justus sprachlos. Dann lachte er schallend und schlug Bob auf die Schulter.
»Wieder mal gut gemacht, Freund!« rief er. »Die Ranch zum Roten Löwen! Heute nicht mehr so bekannt, aber noch immer ruhig und abgeschieden, und für Sir Roger Carew und seinen Sohn als Urlaubsdomizil wie geschaffen! Diese Bedeutung von ›Imbala‹ habe ich ganz einfach übersehen!«
»Wir machen alle mal einen Fehler«, sagte Peter in gespielter Unschuld.
Dann brachen er und Bob in Gelächter aus, und Justus stimmte wohl oder übel mit ein.
»So, nun ist's genug«, sagte Justus schließlich reumütig. »Jetzt wollen wir MacKenzie und Ndula anrufen!«
Aber im Hotelzimmer der beiden Afrikaner wurde das Telefon nicht abgenommen.

»Wahrscheinlich sitzen sie beim Frühstück«, meinte Justus. »Machen wir doch einen Besuch dort und besprechen wir die Sache.«
»Am besten fahren wir mit dem Bus«, sagte Bob. »Sie werden uns dann ja wohl im Wagen zur Ranch mitnehmen, und da wären unsere Fahrräder nur im Weg.«
»Gute Idee«, stimmte Peter zu.
Justus nickte, und die Jungen eilten aus der Zentrale. Zwanzig Minuten später hatte sie der Bus zum Hotel ›Miramar‹ gebracht. Der Empfangschef rief im Zimmer der Afrikaner an und bekam Anweisung, die Jungen gleich hinaufzuschicken.
»Haben Sie noch etwas erfahren?« fragte Justus, als die drei ??? das Zimmer betraten.
»Nein, nur daß sich in Nanda die Lage zuspitzt«, sagte MacKenzie. »Sir Roger bittet uns händeringend, Ian zu finden.«
»Ich glaube, dabei können wir nun helfen«, sagte Justus triumphierend und berichtete MacKenzie und Ndula von der neuesten Entdeckung.
»Der Berg des Roten Löwen! Natürlich!« rief Ndula. »Das ist tatsächlich die Bedeutung von Imbala. Gut gemacht, Jungs! Das habt ihr völlig richtig erkannt. Sir Roger war zu erregt, um zu begreifen, was Ian damit sagen wollte!«
»Ich sagte Ihnen ja, daß die Jungen Köpfchen haben, Adam.« MacKenzie strahlte. »Holen wir unseren Wagen.«
Unten auf dem Parkplatz stiegen sie alle in den großen Cadillac, und MacKenzie fuhr los. Bob lotste ihn durch die Innenstadt zu den nördlichen Vororten am Fuß der Berge. Die Ranch zum Roten Löwen war von der Straße aus gut sichtbar. Sie bestand aus einem dreigeschossigen Hauptgebäude und einer Anzahl kleiner gelber und weißer Häuser in alter massiver Bauweise. Alles war von einer hohen Hecke aus Oleander und Hibiskus umgeben. MacKenzie hielt an, und sie gingen auf das große Gebäude zu. Am Empfang sah ein Angestellter im makellosen schwarzen Anzug mit höflichem Lächeln auf. Doch das Lächeln erstarb, als er die Ankömmlinge sah.

»Mr. Ember!« rief der Mann. »Bitte kommen Sie ganz schnell!« Eine Tür hinter dem Empfangstresen öffnete sich, und ein kleiner magerer Mann in kariertem Jackett und brauner Hose trat heraus. Sobald er Justus erblickte, starrte er ihn furchtbar böse an. »Da bist du ja wieder! Es wurde allmählich Zeit. Du wirst auf der Stelle deine Rechnung bezahlen, junger Mann!«
»Also war Ian Carew tatsächlich hier!« rief Justus.
»Sind Sie der Direktor?« fragte MacKenzie den kleinen Mann.
»Ja, der bin ich«, antwortete der Mann barsch und wandte den Blick nicht von Justus. »Ich weiß nicht, was du dir bei der Sache gedacht hast, junger Mann, aber wenn du nicht sofort deine Rechnung bezahlst, dann muß ich die Polizei rufen!«
»Das ist nicht nötig«, sagte Ndula gelassen. »Wir erledigen das. Dieser junge Mann ist nicht Ian Carew.«
»Nicht?« Der Direktor starrte die Besucher verwirrt und mißtrauisch an. »Meinen Sie etwa, ich sehe nicht –«
»Er sieht Ian auffallend ähnlich«, sagte MacKenzie, »aber wir versichern Ihnen, daß er es nicht ist.« Dann erklärte er die Sache mit der Ähnlichkeit der beiden Jungen.
»Vielleicht haben Sie gestern mein Foto in der Zeitung gesehen«, fügte Justus hinzu. Er hätte dem Mann gern einen handfesten Beweis verschafft.
Der Direktor schüttelte den Kopf. »Wir hatten diese Woche hier eine Tagung und waren vollauf beschäftigt. Ich kam noch gar nicht dazu, eine Zeitung aufzuschlagen.« Nach wie vor schaute er Justus unverwandt an. Nun bemerkte er die saloppe Kleidung – alte Sachen, in denen sich der Erste Detektiv in den Ferien wohl fühlte. »Ich muß schon sagen«, setzte er mit einem Naserümpfen hinzu, »Ian Carew habe ich niemals in so . . . nachlässigem Aufzug gesehen. Aber wenn du nicht Ian bist, warum wollen diese Männer dann seine Rechnung bezahlen?«
»Mr. Ndula und ich sind Beauftragte von Sir Roger Carew«, erklärte MacKenzie. »Hier ist unsere Vollmacht. Sie können sie bei unserer Handelsvertretung in Los Angeles überprüfen lassen.

Nun sagen Sie uns bitte, was Ian Ihnen schuldig ist, wir werden es begleichen.«
Der Angestellte reichte Ndula eine Rechnung, und dieser bezahlte, während sich der Direktor die Vollmacht der Afrikaner anschaute und ratlos den Kopf schüttelte.
»Das ist ja ziemlich verwirrend«, meinte der Direktor.
»Das weiß ich, und ich wollte, wir könnten es Ihnen näher erklären«, sagte MacKenzie. »Aber die Angelegenheit ist zu heikel, und im übrigen drängt die Zeit. Wenn Ian nicht hier ist, müssen wir die Suche unverzüglich wieder aufnehmen. Können Sie uns genau berichten, was sich seit Ians Ankunft hier abgespielt hat?«
»Tja –« Der Direktor zögerte, und dann nickte er. »Na gut. Vor etwa einer Woche kam er hier an. Ich kannte ihn natürlich von seinem früheren Aufenthalt in Begleitung des Vaters. Er sagte, er würde hier in ein paar Tagen mit Sir Roger zusammentreffen. Natürlich wurde er von uns sehr zuvorkommend bedient. Aber nach einigen Tagen kamen zwei andere Männer her und fragten nach ihm. Sie behaupteten, im Auftrag von Sir Roger gekommen zu sein. Sie schienen den Jungen gut zu kennen und fragten nach seiner Zimmernummer. Eine solche Information geben wir aber erst nach Abstimmung mit dem betreffenden Gast weiter. Ich ließ mir also die Namen nennen und rief den jungen Carew auf seinem Zimmer an. Er bat mich, die Besucher gleich heraufzuschicken.«
»Können Sie die Männer beschreiben?« fragte Justus rasch.
»Nicht sehr gut – es ist nun schon vier Tage her. Einer war jedenfalls ziemlich untersetzt, mit krausem braunem Haar, und der andere war viel größer und schlanker und hatte ganz dunkles Haar. Die Namen habe ich mir nicht gemerkt.«
MacKenzie und Ndula schauten Justus an. Er nickte. Offenbar waren das die beiden Kidnapper gewesen.
»Und was passierte, nachdem sie hinaufgegangen waren?« fragte MacKenzie.
»Das war recht eigenartig, obwohl ich mir nichts weiter dabei dachte. Kurze Zeit, nachdem die Männer hinaufgegangen waren,

sah ich den jungen Carew das Hotel durch den Haupteingang verlassen. Etwa fünf Minuten später kamen auch die beiden Männer wieder herunter und gingen schnell aus dem Haus.«
»Und da haben Sie Ian zum letzten Mal gesehen?« fragte Ndula.
»Ja, eben! Der junge Carew kam nicht mehr zurück und ließ die Rechnung unbezahlt!«
»Dann haben wir ihn also wieder verloren«, sagte Ndula tief enttäuscht.
»Mann, ich war so sicher, daß wir ihn gefunden hatten.« Bob war ganz niedergeschlagen.
Justus schaute nachdenklich drein. »Dürfen wir uns sein Zimmer ansehen?«
Der Direktor blickte zum Schlüsselkasten hin. »Meinetwegen. Im Augenblick scheint niemand da zu sein.« Er griff nach dem Schlüssel. »Zimmer neunundzwanzig, zweiter Stock vorn. Ihr könnt den Aufzug hier rechts benützen oder die Treppe dahinter.«
Als sie zum Aufzug gingen, schüttelte MacKenzie mutlos den Kopf.
»Wozu das Zimmer anschauen, Justus? Er ist ja nicht da. Uns bleibt nur eines übrig: hoffen, daß er sich noch einmal mit uns in Verbindung setzt.«
»Diese beiden Männer waren ihm verdächtig, das ist klar.« Justus drückte auf den Knopf, um den Aufzug zu holen. »Sonst wäre er nicht aus dem Hotel weggelaufen. Er muß sie als die Männer erkannt haben, die ihn schon vorher zu entführen versucht hatten. Und irgendwie ist er ihnen wieder entkommen – vermutlich, ehe sie überhaupt in sein Zimmer kamen.«
»Und was nützt uns das?« fragte Ndula.
»Er rechnete damit, daß seine Nachricht Sir Roger zum Roten Löwen führen würde«, erklärte Justus. »Als er wiederum flüchten mußte, war er sicherlich darauf bedacht, den Helfern eine neue Spur zu hinterlassen. Ich hoffe also, daß wir eine Nachricht finden werden, die uns etwas über seinen nächsten Aufenthalt sagt.«

Da kam der Aufzug, und alle traten ein. Justus drückte auf den Knopf zum zweiten Obergeschoß.
»Ian wußte, daß sein Zimmer hier der einzige Ort ist, in dem bestimmt gründlich gesucht werden würde. Also muß seine Botschaft – falls es eine gibt – darin sein!«

Auf der Flucht nicht den Kopf verlieren!

Als sie die Tür aufschlossen und Zimmer neunundzwanzig betraten, stieß Peter einen enttäuschten Laut aus.
»Justus, da wurde ja schon gründlich saubergemacht!«
Mit bedenklichem Kopfnicken schaute sich Justus in dem großen Raum um. Das Sonnenlicht strömte durch hohe Fenster herein, von denen man auf die Einfahrt und den Taxistand vor dem Hotel hinuntersehen konnte. Der Blick in die Ferne schweifte über den Randbezirk von Rocky Beach zum blauen Pazifik hin.
»Und alles, was er hinterlassen hat, ist jetzt bestimmt weg!« jammerte Bob.
»Deine Freunde haben recht, Justus«, stellte MacKenzie fest. »Das Zimmermädchen hätte irgendeine Notiz sicherlich weggeworfen.«
»Vermutlich ja«, gab Justus zu, »obwohl Zimmermädchen in Hotels nicht immer allzu gründlich arbeiten. Aber ich glaube eben nicht, daß Ian eine gewöhnliche Mitteilung hinterlassen haben würde. Das Risiko, daß die Entführer entweder auf der Stelle oder irgendwann später sein Zimmer durchsuchen würden, war zu groß. Nein, Ian hat vermutlich etwas hinterlassen, das diesen Männern keinen Aufschluß geben würde, in Form eines Codes oder Symbols. Etwas, das ein Vertrauter von Sir Roger erkennen würde, nicht aber der Gegner. Es könnte auf einem Stück Papier sein, aber nicht unbedingt.«
»Du meinst«, erkannte Bob, »irgend etwas, das er ganz schnell zurechtmachen konnte, das beim Saubermachen des Zimmers nicht beseitigt wird, das die Entführer bei einer Durchsuchung nicht bemerken würden und das seine Freunde dennoch finden müßten!«
»Genau das, Kollege.«
»Dann wollen wir mal danach fahnden!« sagte MacKenzie.

Während Peter das Badezimmer absuchte, durchstöberten die anderen das Schlafzimmer. Sie reckten sich und bückten sich, sie kehrten das Unterste zuoberst, sie spähten hinter Bilder und Gardinen und unter Teppiche. Sie forschten unter der Heizkörperverkleidung und in der Fassung der Deckenlampe nach. Justus zog sogar die Bettlaken ab, um nachzusehen, ob Ian etwas auf das Warenzeichenschild der Matratze geschrieben hatte. Aber keiner entdeckte etwas, das nach einer Botschaft oder einem Hinweis aussah.

»Vermutlich denken wir wieder zu geradlinig«, überlegte der Erste Detektiv. »Seine erste Nachricht hatte Ian doppelt verschlüsselt: ›Djangas Stätte‹ bedeutete Imbala, und das wiederum war ein Hinweis auf den Roten Löwen. Das Stichwort mußte man aus der chiffrierten Botschaft in zwei Schritten entnehmen.«

»Und sie ließ sich nur mit besonderen Kenntnissen entschlüsseln«, gab Bob zu bedenken.

»Stimmt. Folglich müßte jeder, der Ian bis hierher nachgespürt hat, ebenfalls zu den Eingeweihten gehören. Ich bin sicher, daß Ian das einkalkuliert hat«, erklärte Justus. »Mac, hat Ian irgendwelche besonderen Angewohnheiten, Vorlieben oder Eigenarten?«

»Er interessiert sich für die Geschichte des Landes Nanda«, sagte Ndula.

»Und er sammelt afrikanische Holzschnitzereien«, erwähnte MacKenzie noch. »Ach ja, und dann macht er gern kleine Zeichnungen, mit Vorliebe auf Wände. Sir Roger sagte einmal, Ian hätte sogar die Wände seines Büros vollgekritzelt!«

»Eine kleine Zeichnung an irgendeiner Stelle, wo nicht sofort saubergemacht wird, und die den Entführern nicht auffällt«, rief Justus. »Danach müßten wir Ausschau halten! Also noch einmal alles absuchen!«

Doch wiederum fanden sie nichts – nicht die kleinste Skizze, nicht das geringste Zeichen an irgendeiner Wand oder einem Möbelstück.

»Hier gibt's nichts, Just«, sagte Peter mit einem Seufzer. »Bestimmt hatte Ian keine Zeit mehr dazu, nachdem er die Entführer zu Gesicht bekommen hatte.«
Justus drehte sich hastig zu Peter herum. »Kollege, das trifft den Nagel auf den Kopf!«
»Wirklich?« meinte Peter. »Was hab' ich denn gesagt?«
»Ian ist ja zweifellos sehr intelligent«, sagte Justus bedächtig. »Und dennoch wies er den Hoteldirektor an, die Besucher sofort zu ihm zu schicken! Er hielt sich hier versteckt und konnte nicht sicher sein, ob das Freunde oder Feinde waren, aber er ließ sich die Gäste hinaufschicken. Hätten wir das auch getan?«
»Nein«, sagte Bob. »Solche Leute läßt man doch am Empfang eine Zeitlang hinhalten, bis man sie unbemerkt aufs Korn nehmen kann!«
Justus nickte. »Natürlich hätte Ian die Männer vom Fenster aus sehen können, aber das wäre ein besonderer Glücksfall gewesen. Nein, es gibt nur einen Grund dafür, daß Ian sie sofort hochkommen ließ – er war nicht darauf angewiesen, sie hinzuhalten und sie damit eher noch auf seinen Verdacht aufmerksam zu machen. Er hatte sich auf einen solchen Zwischenfall vorbereitet!«
»Wie denn vorbereitet, Just?« wollte Bob wissen.
»Ganz einfach – er würde das Zimmer verlassen und irgendwo unterschlüpfen, wo er sie sehen konnte, an einem Ort, der ihm einen Vorsprung bieten würde, falls sie sich als seine Widersacher aus Los Angeles herausstellen sollten und er wiederum flüchten müßte. Kommt mit!«
Die anderen folgten ihm auf den Flur.
»Irgendwo in der Nähe der Aufzugstür und der Treppe«, überlegte Justus. »An einer Stelle, wo er ihre Gesichter zu sehen bekäme. Ein Platz« – sein Blick wanderte den Hotelkorridor entlang – »wie dieser Putzschrank!«
Es war ein hoher, schmaler Einbauschrank für Bettwäsche und Putzgerät, wenige Schritte vom Treppenhaus entfernt. Die Tür stand einen Spalt offen, und von dort konnte man den Aufzug und

den Treppenaufgang gut überblicken. Jeder, der auf dem Flur ankam und auf Ians Zimmer zuging, wäre voll im Blickfeld.
»Schaut hier nach irgendeiner Zeichnung aus!« wies Justus die anderen an.
Peter fand gleich darauf etwas an der Innenseite der Schranktür. »Da! Na, das ist aber eine gekonnte kleine Zeichnung! Ein Auto. Ich sehe deutlich den Fahrer und so was wie einen Firmennamen an der Wagentür, und oben am Dach ist auch etwas!«
Justus hob die Brauen. »Ein Auto? Ja, was könnte ein Auto bedeuten?«
»Das ist doch gar kein gewöhnliches Auto, Just!« rief Bob. »Schau, der Fahrer trägt eine Mütze, und das Ding auf dem Dach ist ein Licht! Es ist ein Taxi!«
MacKenzie sagte: »Gleich vor dem Anwesen ist ein Taxistand!«
»Er rechnete damit, daß wir erraten, wie er es anstellen würde, irgendwelche Besucher zu beobachten«, sagte Ndula, »und hierdurch teilt er uns mit, daß er vorhatte, in einem Taxi zu flüchten!«
Sie liefen gemeinsam hinaus zu dem einzigen Taxi, das am Stand vor der Ranch wartete. Der Fahrer las in einer Illustrierten. Nein, er hatte vom Hotel aus keinen Jungen mitgenommen, nicht vor vier Tagen und auch sonst nicht.
»Wie viele Taxis benutzen diesen Standplatz?« erkundigte sich Ndula.
»'ne ganze Menge, Mister, aber alle von der einen Firma. Nur unsere Leute!«
»Wo ist denn Ihre Zentralgarage?« fragte MacKenzie.
Nach der Auskunft des Fahrers fuhr MacKenzie mit Ndula und den Jungen zu der Zentralgarage und dem Büro des Taxiunternehmens. Die Firma lag in einem Bezirk voller Industriegleisanlagen und Bauhöfe unweit vom Hafen. Die Fahnder entdeckten den Geschäftsführer in seinem chaotischen Büro hinten bei der Garage. Nachdem sie ihm erklärt hatten, worum es ging, schaute der Mann in einer Liste nach.
»Die Ranch zum Roten Löwen? Vor vier Tagen? Ja, an diesem

Tag hatten wir dort draußen fünf Fahrer im Einsatz. Moment mal, ich glaube, Falzone und Johansen sind zur Zeit in der Werkstatt. Die können Sie ja mal fragen.«
Johansen arbeitete am Motor seines Wagens und hatte vor vier Tagen keinen Jungen vom Roten Löwen aus gefahren.
Falzone machte gerade Kaffeepause. »Klar, 'nen Jungen hab' ich an dem Tag vom Roten Löwen mitgenommen, und da steht ja auch der Bursche!« Er zeigte sofort auf Justus. »Du bist doch dann zwei Tage später entführt worden, stimmt's? Ich hab' dein Foto in der Zeitung gesehen. Junge, da mußt du nicht wenig gezittert –«
»Entführt wurde ich zwar«, unterbrach ihn Justus, »aber ich bin nicht der Junge, den Sie im Taxi gefahren haben. Schauen Sie mich nur mal ganz genau an.«
Der Taxifahrer zog die Stirn kraus. »Na, aber verdammt ähnlich siehst du dem anderen. Nur bist du nicht so angezogen, und du redest ganz anders. Also gut, wie du selber sagst – dann bist du eben jemand anders.«
»Können Sie sich entsinnen, wohin Sie den Jungen gefahren haben?« fragte Ndula.
»Klar.« Falzone nickte. »Ich kann mich gut entsinnen, weil sich der Junge so eigenartig benahm. Als hätte er es faustdick hinter den Ohren. Er kam aus der Ranch gelaufen, trug mir auf, ihn zum anderen Ende der Stadt zu fahren, und schaute sich während der Fahrt immer wieder um. Ich dachte, er hätte vielleicht im Gasthof irgendwas geklaut, oder er sei durchgebrannt. Und dann kam dieser Wagen –«
»Ja, und wohin brachten Sie ihn denn?« fiel MacKenzie ungeduldig ein.
»Will ich ja gerade erzählen«, sagte Falzone. »Er schaut sich also andauernd um, und wir fahren durch die ganze Stadt, und plötzlich läßt er mich anhalten! Einfach so am Straßenrand, wo nur Lagerhäuser und Fabriken sind. Er zahlt die Rechnung, steigt aus und läuft in eine Seitenstraße rein. Er wartet nicht mal auf das Wechselgeld. Und dann, wie ich vorhin schon sagen wollte, über-

holt mich dieser Wagen in ganz gemächlichem Tempo. Angehalten hat er nicht, aber ich glaube, der war hinter dem Jungen her.«
»Was war das für ein Auto?« fragte Justus.
»Grüner Mercedes. Schönes Modell. War schon immer mein Traum.«
»Zeigen Sie uns den Weg bis dahin, wo Sie den Jungen abgesetzt haben!« forderte Ndula den Fahrer auf.
»Klar, ist ja nicht weit.«
Nein, weit war es nicht. Gleich am Stadtrand hielt Falzone bei einem wie ausgestorben wirkenden Komplex von Lagerschuppen, kleinen Fabrikbetrieben und unbebauten Grundstücken an. Dann zeigte der Taxifahrer auf einen schmalen Durchgang zwischen zwei Häusern.
»Da ist er hineingelaufen. Und dann habe ich ihn nicht mehr gesehen.«
Sie bezahlten den Taxifahrer, und MacKenzie parkte den großen Cadillac am Randstein.
»Was hatte er hier nur vor?« meinte Peter verwundert und schaute sich in der öden Umgebung um.
»Vielleicht wollte er nur die Kidnapper abschütteln«, sagte Bob. »Er mußte gemerkt haben, daß sie ihm folgten.«
»Das ist gut möglich, Kollege«, bestätigte Justus. »In diesem Fall hätte er einen Unterschlupf gesucht. Wir wollen auch mal den Fußweg hier entlanggehen und nachsehen, ob sich da vielleicht noch ein Hinweis findet.«
Der Durchgang war sehr eng, und zu beiden Seiten ragten kahle Ziegelmauern auf. Darin gab es drei Türen, aber alle waren mit schweren, verrosteten Vorhängeschlössern gesichert, die lange nicht mehr geöffnet worden waren. Dann war der Weg zu Ende.
»Was machen wir jetzt?« fragte Peter.
Die Straße, in die der Fußweg einmündete, sah fast genau so aus wie die andere, von der sie abgebogen waren. Entlang der Fahrbahn gab es nichts als niedrige Lagerschuppen ohne ein Zeichen von Betriebsamkeit, kleine Fabrikbauten und offene Plätze, die

mit Abfällen übersät waren. Und dann kam weiter vorn eine Querstraße, so daß sie die Form eines T vor sich hatten.
»Da hatte er die Wahl zwischen drei verschiedenen Richtungen«, sagte Ndula zögernd. »Und wir wissen überhaupt nicht, wo er sein könnte.«

Hier endet die Spur

»Drei Richtungen, ja«, sagte Justus, »aber so aussichtslos ist es auch wieder nicht.«
»Wieso, Just?« fragte Bob.
»Die Entführer waren dicht hinter ihm, und das wußte er«, erklärte Justus. »Ich glaube nicht, daß er sehr weit gegangen wäre, um ein Versteck zu finden.«
»Du hast recht!« rief MacKenzie. »Er könnte sogar hier in der Nähe sein, genau jetzt!«
»Er hätte sich vorübergehend in einem dieser Lagerschuppen verstecken können«, sagte der Erste Detektiv, »aber in Sicherheit wäre er dort nicht, und was zu essen brauchte er schließlich auch. Also vermute ich, daß er sich eher nach einem Motel oder einer Pension umgesehen hat, nicht zu weit von hier. Er wollte sicherlich nicht viel Zeit im Freien zubringen.«
»Dann schlage ich vor«, meinte Ndula, »daß wir uns trennen und nach allen drei Richtungen Ausschau halten. Im Gehen können wir in die Seitenstraßen hineinsehen.«
Peter und Ndula wandten sich nach rechts, Justus und MacKenzie nach links, und Bob nahm sich die Querstraße vor. Sie kamen überein, sich nach spätestens einer Stunde an dem Fußweg wieder zu treffen.
Bob kam als erster zurück. Er war die schmale Querstraße entlanggegangen, bis sie an einer großen Ackerfläche endete. Er hatte weder Motels noch Pensionen entdeckt und auch sonst nichts, das sich als Versteck für einen Flüchtling eignete. Es war schon Mittag durch, und Bob schritt mit knurrendem Magen in dem Durchgang auf und ab, während er auf die Rückkehr der anderen wartete.

Vielleicht war Ian durch seinen bestimmt noch viel unangenehmer knurrenden Magen gezwungen, sich irgendwo einzuquartieren, wo das Essen nicht vom Personal serviert wird, sondern Selbstbedienung im schlichtesten Sinne des Wortes angezeigt ist. Na, gäbe es da nicht etwas zu kombinieren?

Justus und MacKenzie trafen als nächste ein.
»Etwa fünf Querstraßen weiter ist ein kleines Motel, kurz vor der Autobahn«, berichtete MacKenzie. »Aber dort hat diese Woche kein Junge allein übernachtet. Sie erkannten Justus nur nach dem Foto in der Zeitung.«
»Und dann liegen in dieser Richtung vorwiegend Felder und Bauplätze, bis hin zur Autobahn«, setzte Justus hinzu.
Peter und Ndula kamen endlich auch zurück. Sie waren am weitesten gekommen.
»Bis in die Innenstadt«, sagte Peter. »Wir fanden ein Motel und zwei kleine Pensionen, aber kein Haus hatte kürzlich einen Jungen ohne Begleitung als Gast.«
»Die Pensionen hatten überhaupt seit Monaten keine Durchgangsgäste gehabt«, setzte Ndula hinzu.
»Ian war zu Fuß geflüchtet und hatte die Entführer auf den Fersen«, sagte MacKenzie bedächtig. »Er hatte wenig Gelegenheit, irgendwelche Merkzeichen zu hinterlassen, und keinerlei Hoffnung, daß ein für uns bestimmter Hinweis überhaupt entdeckt würde. Wir sind jetzt wirklich am Ende, Freunde.«
»Er hat recht, Just«, sagte Bob.
»Ja, es hat den Anschein, als seien wir vorläufig aufgeschmissen«, gab Justus widerstrebend zu.
»Adam und ich gehen am besten zum Hotel zurück und erkundigen uns, ob Ian in Los Angeles angerufen hat«, entschied MacKenzie. »Er weiß vermutlich, daß wir auf der Suche nach ihm sind und daß wir seine Spur verloren haben. Vielleicht versucht er,

uns durch die Handelsvertretung eine weitere Nachricht zukommen zu lassen.«
»Falls er dazu in der Lage ist«, sagte Ndula grimmig.
»Und wir kehren in unsere Zentrale zurück und überlegen uns das weitere Vorgehen«, sagte Justus unbeirrt. »Hier sind wir nicht mehr weit vom Schrottplatz. Setzen Sie uns da ab, Mac?«
»Mann, es ist doch längst Essenszeit vorüber«, erhob Peter Einspruch. »Ich will nach Hause.«
»Na gut. Bob, du kannst auch heimgehen und essen«, sagte Justus. »Ich will sowieso noch ein wenig in Ruhe überlegen.«
Sie gingen zu dem großen Cadillac zurück. Nach kurzer Fahrt setzten die Afrikaner Justus bei der Firma Jonas ab. Bob und Peter versprachen, in einer Stunde wieder zur Zentrale zu kommen, und dann fuhr MacKenzie beide nach Hause.
Aber es dauerte noch fast zwei Stunden, bis Bob und Peter sich wieder bei Justus in dem versteckten Campinganhänger einfanden. Der Erste Detektiv saß am Schreibtisch, umgeben von Straßenkarten und Blättern voller hingekritzelter Aufstellungen und Notizen.
»Irgendwelche neuen Ideen, Chef?« fragte Peter gleich.
»Ja, Kollege, ein paar Ideen habe ich.« Justus holte schwer Atem. »Aber viele sind es nicht.«
»MacKenzie und Ndula haben wohl nicht angerufen?« fragte Bob. »Ian hat sich nicht bei der Handelsvertretung gemeldet?«
»Ich habe bei ihnen angerufen. Nein, Ian hat sich noch nicht gemeldet«, gab Justus Auskunft.
»Du, Just –« sagte Peter mit nachdenklich zusammengezogenen Brauen. »Ich habe mir das überlegt – vielleicht haben sie ihn doch noch geschnappt! Vielleicht sind die Kidnapper nochmal zurückgekommen und haben diesmal den Richtigen entführt! Sie haben ja wohl in der Zeitung die Geschichte über dich gelesen und wissen jetzt, daß sie sich getäuscht hatten.«
»Ja, daran habe ich auch schon gedacht.« Justus nickte. »Es wäre möglich, daß sie ihn erwischt haben, aber ich glaube das nicht.

Wenn es so wäre, dann hätten sie ganz sicher Sir Roger eine Mitteilung zukommen lassen, und bis jetzt ist das nicht der Fall. Und Peter, du hast jemanden gesehen, der uns von diesem Gelände gegenüber beobachtete, und ich habe so eine Ahnung, daß das die Entführer waren.«
»Puh!« Peter schluckte. »Du meinst, die sind jetzt gerade hier in der Gegend?«
»Bestimmt sind sie nicht weit, und bestimmt haben sie entweder uns oder MacKenzie und Ndula im Blick«, sagte Justus. »Wir müssen also vorsichtig sein. Aber ich glaube, wir sind sicher, solange wir Ian noch nicht gefunden haben.«
»Hört mal, Freunde«, sagte Bob plötzlich. »Wenn auch Ian diese Zeitungsmeldung über Just gelesen hat, wäre er dann nicht aus seinem Versteck herausgekommen und zur Polizei gegangen? Wenn man ihn dort zu Gesicht bekäme, dann wäre es ja klar, daß er die Person ist, hinter der die Kidnapper her sind, und dann wäre er sicher!«
»Na klar, Leute!« rief Peter.
»Recht habt ihr«, sagte Justus. »Das bedeutet freilich, daß Ian den Bericht nicht gelesen hat. Vermutlich hält er sich irgendwo versteckt, wo er nicht an eine Zeitung herankommt, und er hat zu sehr Angst, um sich vorzuwagen. Wenn wir nur endlich herausbekämen, wo das ist!«
»Du sagtest, du hättest einige Ideen, Just?« erinnerte Peter den Ersten Detektiv.
»Ja, ich dachte schon daran, in der Zeitung eine Anzeige aufzugeben«, sagte Justus. »Einen verschlüsselten Text, damit nur Ian erkennen würde, daß er sich an ihn wendet – ein Vorschlag für ein Treffen mit MacKenzie und Ndula. Aber dann wurde mir klar, daß Ian ja vermutlich keine Zeitung zu Gesicht bekommt, und da wäre eine Anzeige nutzlos.«
»Da hast du recht, Just«, bestätigte Bob.
»Außerdem könnten wir noch die Telefonlawine anwenden«, fuhr Justus fort. Er meinte damit die glänzend funktionierende

Methode zum Sammeln von Informationen, die er ersonnen hatte. Wenn diese Lawine ins Rollen gebracht werden sollte, rief jeder der drei ??? fünf Freunde an und bat sie, wiederum jeweils fünf Freunden etwas auszurichten, und so weiter. »Bei so vielen Kindern in Rocky Beach müßte es doch eines geben, das einen fremden Jungen mit ausländischem Akzent erspäht.«
»Falls er überhaupt aus seinem Schlupfwinkel herauskommt«, meinte Bob.
»Da hakt es eben«, gab Justus zu. »Also vertagen wir die Telefonlawine vorläufig auf morgen. Aber ich habe mir da noch zwei andere Sachen durch den Kopf gehen lassen. Ian muß sich inzwischen darüber klar sein, daß Leute, die nach ihm suchen, seine Fährte schon vor vier Tagen an diesem Durchgang zwischen den beiden Straßen verloren haben. Der letzte Ort, an dem ein Retter ein sicheres Zeichen von ihm finden konnte, war der Rote Löwe. Also . . .«
»Also versucht er vielleicht, noch einmal dorthin zu gehen und nachzusehen, ob ihn etwa jemand dort sucht!« rief Peter.
»Genau, Kollege. Vermutlich würde er sich ganz vorsichtig hinschleichen, also habe ich vorgeschlagen, daß MacKenzie und Ndula beim Roten Löwen unbemerkt Posten beziehen und nach ihm Ausschau halten. Wahrscheinlich sind sie inzwischen schon dort draußen.«
»Und die andere Sache, die du dir überlegt hast?« fragte Bob.
»Das ist etwas, das mich schon die ganze Zeit beschäftigt«, sagte Justus. »Wie sind die Entführer überhaupt auf mich gekommen, wie konnten sie mich mit Ian verwechseln?«
»Hm«, sagte Peter. »Sie haben dich sicher zufällig hier auf dem Schrottplatz gesehen.«
»Aber wie sollten sie überhaupt in diese Gegend kommen, wenn sie nicht schon wüßten, daß es hier einen Jungen gibt, der so aussieht wie Ian?«
»Vermutlich haben sie dich mal auf der Straße gesehen und sind dir hierher gefolgt«, meinte Bob.

»Klar«, bestätigte Peter. »Bestimmt dachten sie, sie hätten Glück gehabt und Ian gefunden.«
»Mag sein«, sagte Justus. »Aber mir scheint, wir lassen etwas Wichtiges außer acht. Da muß bei den Männern noch etwas anderes im Spiel sein als eine reine Zufallsbegegnung mit mir auf der Straße.«
»Und was, Just?«
»Das weiß ich eben nicht.«
Dann saßen die drei ??? schweigend da. Keiner von ihnen hatte einen weiteren Vorschlag, was zu tun wäre, also gingen Bob und Peter nach Hause. Justus ging mißmutig über die Straße zum Wohnhaus, um vor dem Abendessen noch ein wenig fernzusehen. Dann bat ihn Onkel Titus, ihm bei der Suche nach einem Fehler in der Buchhaltung zu helfen, und damit war er beschäftigt, bis Tante Mathilda die beiden zum Essen rief.
Ungeachtet der Enttäuschungen dieses Tages entwickelte Justus einen herzhaften Appetit. Er hielt seinen Teller für die zweite Portion hin und grinste. »Dein Gulasch ist doch das beste, Tante Mathilda.«
»Hmm«, machte Tante Mathilda. »Mich wundert nur, wie du überhaupt noch was hinunterbringst, nachdem du meinen Kühlschrank regelrecht ausgeräumt hast, junger Mann.«
»Deinen Kühlschrank habe *ich* doch nicht ausgeräumt, Tante Mathilda«, verwahrte sich Justus dagegen. »Das sagte ich dir doch schon gestern. Peter ist übrigens auch geschädigt, jemand hat ihm –«
Justus hielt mit offenem Mund und großen Augen inne. Er schluckte und blinzelte seine Tante an. Sie warf ihm einen verständnislosen Blick zu.
»Geht es dir gut, Justus?« erkundigte sich Onkel Titus.
»A . . . alles in Ordnung, Onkel Titus! Noch nie habe ich mich so wohl gefühlt!« Er sprang auf. »Kann ich mal kurz weggehen?«
»Vor dem Nachtisch, junger Mann?« meinte Tante Mathilda.
»Ich bin in einer Minute wieder da.«

Er lief ins Wohnzimmer und wählte rasch Bobs Nummer. »Bob, hör zu! Hol Peter ab, und kommt sofort zur Zentrale! Und sagt euren Eltern, daß ihr heute hier bei mir übernachtet!«
Justus legte auf und ging zum Tisch zurück. Er war so aufgeregt, daß er nicht mehr als zwei Stücke von Tante Mathildas köstlichem Apfelkuchen bezwang, dazu nur ein großes Glas Milch. Dann entschuldigte er sich wieder und lief aus dem Haus, zu der versteckten Zentrale unter den Schrottbergen.
Als Peter und Bob eine Viertelstunde später durch die Luke aus Tunnel II heraufgeklettert kamen, saß Justus grinsend am Schreibtisch.
»Was gibt's denn, Chef?« wollte Bob wissen. Von der schnellen Radfahrt war er ganz außer Atem.
»Warum sollen wir heute nacht hierbleiben?« erkundigte sich Peter.
»Hört her, Freunde«, verkündete Justus triumphierend. »Ich weiß jetzt, wo sich Ian Carew versteckt!«

»Wo, Just?« rief Bob.
»Woher weißt du das?« fragte Peter.
»Man hätte uns mit der Nase draufstoßen können!« erklärte Justus. »Wir waren blind, Freunde! Ich wußte doch, es war uns etwas Wichtiges entgangen. Ich hatte das sichere Gefühl, daß die Entführer mich nicht rein zufällig auf der Straße gesehen hatten und daß sie nicht deshalb zum Schrottplatz kamen.«
»Und wieso nicht?« fragte Peter.
»Wäre es so gewesen, dann wäre ihnen sofort aufgefallen, daß ich kein Flüchtling bin, der ein Versteck sucht! Sie hätten mich zusammen mit Freunden gesehen und bemerkt, daß ich mich wie ein ganz normaler Einheimischer aufführe. Sie hätten mich vielleicht sogar reden gehört, und dann hätten sie diesen Mißgriff nie begangen.«
»Tja, Just«, sagte Bob, »sie haben ihn aber begangen!«
»Ja, eben«, sagte Justus, »und das ist auch die Erklärung. Der Irrtum unterlief ihnen, weil sie mich genau dort sahen, wo sie eigentlich Ian erwarteten! Wo sie gezielt nach Ian suchten!«
»Nach ihm suchten?« Bob schaute verständnislos drein.
»Ja. An einem Ort in der Nähe der Stelle, wo Ian aus dem Taxi gestiegen war. An einem Ort, wo in den letzten Tagen Nahrungsmittel abhanden gekommen sind.« Justs Augen leuchteten. »Freunde, Ian hat sich hier bei uns auf dem Schrottplatz versteckt!«
»Auf . . . auf dem Schrottplatz?« Nun hatte Peter begriffen.
»Nur ein paar Straßen von diesem Fußweg, in dem er verschwunden ist«, sagte Bob in plötzlicher Erleuchtung. »Also haben dir nicht die Ratten deine Brote geklaut, Peter. Das war Ian!«
»Richtig, Bob«, sagte Justus. »Als Ian sich durch diesen Weg absetzte, die Entführer auf den Fersen, muß er beim Schrottplatz angelangt sein. Er hat sich wohl gedacht, daß er in all dem Gerümpel

ein gutes Versteck finden würde und daß unser Haus gut dazu geeignet wäre, sich heimlich etwas zum Essen zu holen. Die Entführer folgten ihm bis zum Schrottplatz oder doch in die unmittelbare Nachbarschaft und fuhren dann auf gut Glück in der Gegend herum – und da sahen sie mich! Sie dachten natürlich, ich sei Ian, da ich mich in genau der Umgebung aufhielt, wo sie ihn vermuteten. Also verfolgten sie nun mich, und so kam es zu diesem Irrtum!«
»Und Ian soll die ganze Zeit hier auf dem Schrottplatz gewesen sein?« meinte Peter, noch immer ungläubig.
»Ja, da bin ich sicher«, sagte Justus. »Jetzt müssen wir ihn nur noch finden.«
»Na und?« Peter zuckte die Achseln. »Wir gehen einfach hinaus ins Freie und rufen laut nach ihm!«
Justus schüttelte den Kopf. »Nein, das würde sicher nichts nützen, Kollege. Er kennt uns ja nicht, und er hat uns wahrscheinlich nur von ferne gesehen. Er muß sich sehr sorgfältig versteckt haben, denn wenn er MacKenzie oder Ndula gesehen hätte, dann wäre er herausgekommen. Wenn wir einfach losziehen und rufen, oder wenn wir aufs Geratewohl zu stöbern anfangen, bekommt er es wahrscheinlich noch einmal mit der Angst und läuft wieder weg. Und in all dem Trödel und Gerümpel ist es schwer, jemand zu finden, das wissen wir ja.«
»Aber Just«, wandte Peter ein, »muß er denn nicht irgendwann auftauchen? Er kann sich doch nicht ewig hier verstecken?«
»Nein, das geht natürlich nicht. Wenn er sich sicher fühlt, wird er vermutlich zum Roten Löwen zurückkehren oder die Handelsvertretung in Los Angeles anrufen. Aber vorläufig wird er sich weiter versteckt halten.«
»Ja, und was sollen wir machen, Just?« fragte Bob.
»Ich habe da einen Plan«, erklärte Justus. »Wenn überhaupt, so wagt sich Ian spät nachts heraus, nachdem hier alles ruhig geworden ist.«
»Ach, deshalb sollten wir heute über Nacht bei dir bleiben.« Peter ging ein Licht auf.

»Richtig.«
»Wollen wir eine Falle stellen, Just? Uns auf die Lauer legen?« fragte Bob.
»Ja, das habe ich vor«, antwortete Justus. »Ich nehme an, Ian kommt immer dann heraus, wenn er etwas zu essen braucht. Er ist ein kluger Junge, und deshalb hat er bei uns immer so wenig wie möglich gemaust – nur eben so viel, daß Tante Mathilda glaubt, jemand von der Familie stibitzt etwas aus dem Kühlschrank. Das bedeutet, daß er keinen großen Lebensmittelvorrat angelegt hat, und so können wir ihn in die Falle locken.«
»Mit etwas Gutem zu essen, klar.« Peter nickte.
»Bestimmt kommt er erst dann aus seinem Versteck, wenn es auf dem Schrottplatz ganz still geworden ist und alle weg sind. Also werden wir jetzt zuerst auf den Platz gehen und viel reden, damit uns Ian in seinem Versteck auch bestimmt hört.«
»Und was reden wir?«
»Von einem Ausflug, den wir morgen machen wollen, und von den guten Sachen für unser Picknick, die wir heute abend zusammenpacken und auf der Veranda hinter unserem Haus bereitlegen, damit wir in aller Frühe losziehen können.«
»Aha, nun ist mir die Sache klar«, sagte Peter. »Picknick für drei Mann – das würde eine Weile vorhalten. Also wird ihn das sehr verlocken.«
Justus nickte. »Er kann sich ausrechnen, daß wir dann irgendwelche Landstreicher verdächtigen würden. Jedenfalls gehen wir etwa um zehn Uhr vom Schrottplatz weg, legen ein paar Päckchen mit irgendwas drin auf die Veranda und gehen dann zu Bett. Das heißt, zwei von uns gehen zu Bett. Der dritte schleicht sich wieder hinunter und versteckt sich in der Küche, wo er die Veranda überblicken kann. Mit der Wache wechseln wir uns alle zwei Stunden ab, dann können jeweils die beiden anderen eine Runde schlafen. Wir haben alle drei die Notrufgeräte bei uns. Wer gerade Wache hält, hat seines ausgeschaltet. Wenn er Ian entdeckt, betätigt er das Signal wie üblich – mit dem gesprochenen Wort ›Hilfe!‹ Die

Geräte in meinem Schlafzimmer fangen dann an zu piepsen, und die roten Lämpchen blinken. Das Piepsen ist laut genug, um einen Schlafenden zu wecken!«

»Und wie geht's dann weiter?« fragte Bob.

»Die beiden im Schlafzimmer stehen rasch auf, gehen hinunter und zur Haustür hinaus. Sie schleichen in beiden Richtungen ums Haus. Der Wachtposten in der Küche gibt den anderen etwa zwei Minuten Zeit, dann stößt er einen Schrei aus und stürzt sich auf Ian. Wenn Ian dann wegläuft, muß er vorn am Haus vorbei, denn das ist der einzige Rückweg zu seinem Versteck auf dem Schrottplatz. Also trifft er unvermeidlich auf einen von uns. Der schnappt ihn sich und hält ihn fest, bis die beiden anderen dazukommen.«

»Und dann können wir ihm sagen, wer wir sind, und die Sache mit MacKenzie und Ndula erklären, nicht, Just?« schloß Peter.

Justus nickte. »Wir dürfen nur nicht zu laut sein. Meine Tante und mein Onkel haben zwar einen festen Schlaf, aber so ein richtiger Radau würde sie bestimmt aufwecken. Jetzt schlage ich vor, daß wir unsere Notrufgeräte aus der Werkstatt holen und uns bis etwa zehn Uhr irgendwie auf dem Hof zu schaffen machen.«

Die drei ??? betätigten sich in ihrer Freiluftwerkstatt und waren absichtlich recht laut, und dann drehten sie eine geräuschvolle Runde über den ganzen Platz. Sie taten so, als suchten sie nach Stöcken für ihre Wanderung am nächsten Tag. Wortreich und vernehmlich redeten sie über ihren Ausflug und die guten Dinge für das Picknick, die sie zusammenpacken und zum Start bereit auf der Veranda liegenlassen würden. Kurz vor zehn knipsten die Jungen dann die Außenbeleuchtung am Hof aus und gingen über die Straße zu Justs Haus.

Drinnen machten sie rasch ein paar imitierte Essenspakete aus zusammengeknüllten Zeitungsbogen in braunen Papiertüten zurecht und legten die Päckchen draußen auf die geschlossene Glasveranda. Dann gingen alle drei Jungen in Justs Zimmer hinauf. Das Los teilte Bob die erste Zweistundenschicht zu. Er wartete, bis Tante Mathilda und Onkel Titus die Treppe heraufkamen, und dann schlüpfte er wieder in die dunkle Küche hinunter. Peter und Justus steckten sich ihre Piepser in die Hemdentaschen, damit sie die Dinger auch bestimmt hörten, wenn sie losgehen würden, und legten sich in den Kleidern aufs Bett.

Um Mitternacht wurde Bob von Justus abgelöst.

Die Päckchen lagen unberührt auf der Veranda. Draußen in der Dunkelheit regte sich nichts. Nur die Autos brausten über die Schnellstraße in der Ferne, und von Zeit zu Zeit kam auf der Straße ein einsamer Fußgänger vorüber.

Peter übernahm die Wache um zwei Uhr früh. Er gähnte dauernd und war fast versucht, selbst den Kühlschrank zu plündern. Als Bob wieder erschien, um ihn um vier Uhr abzulösen, war seine Stimmung auf dem Nullpunkt.

»Vielleicht hat sich Justus getäuscht«, flüsterte Peter. »Vielleicht ist Ian auch schon wieder weg vom Schrottplatz? Oder er läßt sich von uns ganz einfach nicht bluffen?«

»Just hat bestimmt recht«, flüsterte Bob. Doch dann setzte er unsicher hinzu: »Aber vielleicht ist Ian tatsächlich woanders hingegangen. Das ist ja nicht das einzige Haus an dieser Straße, auch wenn es am nächsten liegt.«

Gegen halb sechs färbte sich der graue Himmel im Osten heller, aber der Schrottplatz und das Haus lagen nach wie vor im Dunkeln. Und dann bewegte sich etwas, unmittelbar vor der Veranda!

Bob war mit einem Ruck hellwach. Er blinzelte und schaute genau hin. Eine schattenhafte Gestalt stand dicht vor der Verandatür!

Bob betätigte sein Signal und sprach leise in das Gerät: »Hilfe ... Hilfe ... Hilfe!«

Oben bei den Schläfern begann es laut zu piepsen, und die roten Lämpchen blinkten. Justus sprang aus dem Bett und wäre beinahe im Sturzflug auf dem Boden gelandet. Rasch schaltete er die Piepser aus und stand mit angehaltenem Atem lauschend da. Aber unten war alles still. Er rüttelte Peter wach.

»Auf geht's!« flüsterte Justus. Sie waren beide noch angezogen und schlichen behende hinunter zur Haustür. Draußen trennten sie sich und umrundeten das Haus. Hinten suchte sich jeder ein Versteck in einem Strauch.
In der Küche sah Bob gerade auf die Uhr. Die Verandatür öffnete sich lautlos. Der undeutliche Umriß eines Jungen von ebenso rundlicher Statur wie Justus zeichnete sich in der schwachen Morgendämmerung ab. Die Gestalt kam näher heran und streckte die Hand aus, um die Päckchen an sich zu nehmen.
»Halt!« schrie Bob. »Laß das, Ian Carew!«
Mit einem unterdrückten Aufschrei fuhr der Junge herum und verließ fluchtartig die Veranda. Er stolperte auf den Stufen, fiel der Länge nach hin, sprang auf und lief weiter. Als er um die Hausecke bog, drehte er sich nach Bob um. Da sprang ihn Justus an.
»Uff!« grunzte Justus beim Zusammenprall.
Der Junge auf der Flucht fauchte etwas Unverständliches. Fast hätte er sich losgerissen, aber Bob und Peter kamen gerade rechtzeitig an und schnappten sich ihn. Er wehrte sich heftig gegen seine drei vermeintlichen Widersacher.
»Wir sind gute Freunde, Ian!«
»Wir halten es mit Sir Roger!«
»Wir wollen dir helfen. MacKenzie –«
Aber in panischer Angst kämpfte der Junge weiter, bis sie ihn niederrangen. Peter setzte sich auf ihn, und dann klärte ihn Justus rasch auf.
»Gordon MacKenzie?« sagte der Junge. »Und Ndula? Sind die beiden wirklich hier?«
»Ja, Ian«, sagte Justus. »Du bist jetzt in Sicherheit. Auf alle Fälle wirst du es sein, wenn wir dich in unsere Zentrale bringen. Kommt schnell, Freunde!«
Justus hielt kurz inne, um sein Notrufgerät aufzuheben, das ihm beim Gerangel aus der Brusttasche gefallen war, und steckte das Kästchen in seine Hosentasche. Die drei ??? griffen sich den noch

zögernden Jungen und schoben ihn energisch über die schwach erhellte Straße und durch das Grüne Tor. Dann dirigierten sie ihn zu Tunnel II.
»Wo . . . wo bringt ihr mich denn hin?« fragte Ian.
»Zu unserem versteckten Campingwagen«, erklärte Justus beim Durchkriechen. »Diese Männer, die dich entführen wollen, können draußen noch irgendwo in der Nähe sein.«
Peter stieß die Bodenluke auf, und sie kletterten alle in das dunkle Wageninnere hinauf. Bob knipste das Licht an. Als der Junge Justus zu Gesicht bekam, brachte er den Mund nicht mehr zu und bekam große Augen.
»Du . . . du siehst ja genau so aus wie ich!«

Eine schlimme Entdeckung

»Aber nein.« Justus grinste. »Du siehst so aus wie ich!«
Ian Carew grinste nun auch. »Als Gast in eurem Land schließe ich mich dir an.«
»Erst recht in diesem Aufzug«, fand Peter.
Ian trug eine alte Hose von Justus, ein helles Hemd, dem Justus vor Monaten entwachsen war, und ausrangierte Turnschuhe.
»Meine Kleidung wurde im Verlauf meiner Bemühungen, einer Gefangenschaft zu entgehen, sehr in Mitleidenschaft gezogen«, erklärte Ian, »und während ich am ersten Tag meines Aufenthalts hier durchs Gerümpel kroch, sah ich mich genötigt, mir Ersatz in Gestalt dieser Artikel zu beschaffen, die ich in einer Lumpenkiste fand!«
»O nein!« stöhnte Peter. »Die beiden reden auch noch genau gleich! Nein, das halte ich nicht aus – Justus Jonas in doppelter Ausführung!«
Alle lachten.
»Tut mir leid, daß ich hier ein Zwillingspaar ins Leben rufe«, sagte Ian, »aber ich bin schon gewaltig erleichtert, daß ihr Burschen mich gefunden habt. Ich hatte mich schon gefragt, ob da überhaupt noch jemand kommen würde.«
»Ich find's prima, daß wir uns gefunden haben.« Justus strahlte sein Ebenbild an.
»Ja, es ist schön, wenn man nicht mehr allein ist«, meinte Ian. »Aber hört mal, ich weiß noch nicht mal eure Namen.«
»Dein Doppelgänger da ist Justus Jonas, Erster Detektiv«, sagte Bob. »Ich bin Bob Andrews, zuständig für Recherchen und Archiv. Und der Große da, der eben so gestöhnt hat, das ist Peter Shaw, der Zweite Detektiv.«
»Ihr seid Detektive?« wunderte sich Ian. »Wirklich?«
»Unsere Karte, Sir!« Justus reichte Ian eine Karte der drei ???.

»Das ist ja phantastisch!« rief Ian voll Bewunderung. »Ihr Amerikaner macht immer so spannende Sachen. Ihr seid also tatsächlich Detektive?«
»Mit dem Auftrag von Mr. Ndula und Mr. MacKenzie, dich zu suchen«, sagte Bob. »Nachdem deine Verfolger Justus mit dir verwechselt und versehentlich entführt hatten!«
»Was, die haben dich wirklich entführt, Justus?« rief Ian.
Justus berichtete, wie abenteuerlich alles verlaufen war, seit sie mit dem Fall in Berührung gekommen waren. Ian hörte interessiert zu.
»Also habt ihr herausgefunden, was ich mit ›Djangas Stätte‹ meinte«, sagte der junge Flüchtling, »und ihr habt das Taxi ausfindig gemacht, das ich im Roten Löwen zeichnete?«
»Und ausgetüftelt, daß du hier auf dem Schrottplatz sein mußt«, fügte Peter stolz hinzu.
»Einwandfreie Arbeit«, begeisterte sich Ian, »aber wie geht's nun weiter? Sollen wir uns mit MacKenzie und Ndula in Verbindung setzen, damit sie meinem Vater berichten können, daß ich in Sicherheit bin?«
»Klar«, bestätigte Peter. »Wir können Ian doch direkt zum Hotel ›Miramar‹ bringen.«
»Ist das wirklich eine gute Idee?« wandte Bob bedächtig ein. »Die Entführer liegen womöglich jetzt vor dem Schrottplatz auf der Lauer, oder sie beschatten MacKenzie und Ndula im ›Miramar‹.«
»Glaubst du wirklich?« rief Ian besorgt.
»Ja, Bob hat recht«, stellte Justus fest. »Das ist alles möglich. Wie Ndula und MacKenzie sagten, geben solche Extremisten nicht so leicht auf. Hier auf dem Schrottplatz sind wir nach meiner Meinung sicher, und es nützt ja nichts, ein unnötiges Risiko einzugehen. Lieber rufen wir MacKenzie und Ndula an und lassen sie hierherkommen.«
»Ich mach' das«, sagte Bob.
Als er die Nummer des Hotels »Miramar« wählte, schaute sich

Ian neugierig im Anhänger um. Er staunte über das Büro mit Schreibtisch und Aktenschrank, das kleine Labor, das auch als Dunkelkammer diente, und das eindrucksvolle Instrumentarium der drei ???, das die Räume füllte.

»Ihr Burschen habt es ja hier drin recht gemütlich, was? Komisch, daß mir der Anhänger von außen nicht aufgefallen ist.«

»Gar nicht komisch«, sagte Peter. »Von außen sieht man garantiert nichts davon. Wir haben den Wagen ganz mit Gerümpel umbaut, und Justs Tante und Onkel wissen schon gar nicht mehr, daß er überhaupt hier steht!«

»Herrlich!« rief Ian.

Bob legte den Hörer auf. »Im Hotel wird das Telefon nicht abgenommen, Just. Der Portier weiß nicht, wo MacKenzie und Ndula sind, also sagte ich nur, wir würden uns wieder melden. Eine Nachricht wollte ich nicht hinterlassen – sie könnte abgefangen werden!«

»Gute Überlegung, Bob«, sagte Justus. »Sicherlich haben die beiden beim Roten Löwen Posten bezogen, wie ich vorgeschlagen hatte. Einer von ihnen müßte jetzt bald wieder beim ›Miramar‹ auftauchen.« Er wandte sich an Ian. »Sag mal, Ian, was hattest du dir denn vorgenommen für den Fall, daß dich niemand finden würde?«

»Wenn ich mich einigermaßen sicher gefühlt hätte, dann wäre ich zum Roten Löwen zurückgegangen und hätte nachgesehen, ob jemand meine Spur bis dorthin verfolgt hatte.«

»Genau wie ich es mir zurechtgelegt hatte«, sagte Justus mit unverhohlener Selbstgefälligkeit.

»Also hättest du nicht noch einmal eure Handelsvertretung angerufen?« fragte Bob.

»Nein, nur im äußersten Notfall. Als die Entführer im Roten Löwen auftauchten, da wurde mir klar: sie müssen Zugriff zu Nachrichten haben, die durch die Handelsvertretung übermittelt wurden, und sie hatten schon so viel über mich in Erfahrung gebracht, daß sie sogar Geheimbotschaften entschlüsseln konnten.«

Justus griff in eine Schublade am Schreibtisch und holte den zierlichen Stoßzahn aus Elfenbein und Gold heraus, den die drei ??? im Canyon gefunden hatten.
»Hast du das hier schon einmal gesehen, Ian?«
Ian untersuchte das kleine Ding. »Na, aus Nanda stammt das ganz sicher, und es kommt mir auch irgendwie bekannt vor. Ich glaube, ich habe es schon mal gesehen, aber ich erinnere mich nicht, wo das war.«
»Du, Bob«, drängte Peter, »versuch's doch nochmal im ›Miramar‹.«
Während Bob zum Telefon ging, schaute sich Ian die Einrichtung der Zentrale näher an. Er sah das Periskop, das sich durch das Dach des Anhängers ausfahren ließ, einen Lautsprecher am Telefon, die Walkie-talkies, ein Mikroskop, sogar einen Monitor zur Fernsehüberwachung.
»Wo habt ihr nur all die Sachen her, Freunde?« fragte er.
»Das meiste haben wir selber gemacht«, sagte Peter. »Vor allem Justus. Aus Einzelteilen und defekten Geräten, die auf dem Schrottplatz gelandet sind.«
»Draußen im Freien haben wir noch eine Werkstatt«, setzte Justus hinzu.
»Eine Werkstatt? Zu Hause habe ich auch eine!«
»Du warst sogar schon drin«, sagte Justus. »Auf dem Weg hierher mußten wir durch, nur konntest du im Dunkeln nichts davon sehen. Aber du warst vorher schon in der Werkstatt – als du gestern Peters Brote gemaust hast!«
»Ja, da habe ich mich natürlich nicht richtig umgesehen«, sagte Ian lachend. »Kann ich das jetzt nachholen, während wir hier warten?«
Bob blickte vom Telefon herüber. »Anscheinend ist Ndula gerade zurückgekommen. Er ist auf dem Weg zum Zimmer. Ich bleib' mal dran.«
»Wir sind dann in der Werkstatt«, sagte Peter.
Peter, Justus und Ian stiegen durch die Luke hinunter und kro-

chen in die überdachte Werkstatt hinüber. Es war inzwischen heller Tag, und die Sonne war im Osten aufgegangen. Ian sah sich beunruhigt um. »Hört mal, sind wir hier auch wirklich sicher?«
»Aber ja«, beruhigte ihn Justus. »Niemand kann über den Zaun um unser Gelände schauen, und die Schrottberge ringsum teilen die Werkstatt vom übrigen Lagerplatz ab. Wir würden jeden sehen, der in die Nähe kommt.«
Ian nickte munter. Er schaute sich all das Werkzeug auf der langen Werkbank und an den Wänden genau an. Justus zeigte ihm Bandsäge, Drehbank und Druckpresse. Ian war begeistert.
»Ihr seid fabelhaft ausgerüstet«, rief er voll Bewunderung.
Bob kam aus Tunnel II hervorgekrochen. »Ich habe mit Ndula gesprochen!« meldete er aufgeregt. »Er holt MacKenzie, und dann fahren sie gleich hierher.«
»Fast wäre es mir lieber, sie kämen nicht«, sagte Ian. »Wenn es nach mir ginge, würde ich noch dableiben und mich einen ganzen Tag lang in eurer Zentrale umschauen.« Er bückte sich und griff in das Fach unter der Werkbank. »Sagt mal, Freunde, was ist denn das?« Er hielt ein winziges schwarzes Kästchen in die Höhe, etwa so groß wie ein Streichholzbriefchen.
»Das?« Peter holte zu einer Erklärung aus. »Das ist ein . . . ein . . . Just, was ist denn das eigentlich?«
Bob nahm das Kästchen an sich. »Na, das ist ein . . . ein . . .«
»Freunde!« Justus starrte das kleine Ding an. »Das gehört gar nicht uns! Das ist eine Wanze!«
»Wanze?« fragte Ian. »Machst du Witze?«
»Ein Abhörgerät!« rief Justus. »Ein winziges Mikrophon! Wir werden hier belauscht! Schnell, wir müssen –«
Die Stimme kam von draußen – eine Stimme, die ihnen allen wohlbekannt war!
»Keine Eile, Jungs. Ihr geht so schnell nirgends hin!«
Der untersetzte Entführer mit dem krausen braunen Haar trat in die Werkstatt. Und hinter ihm kam der große Dunkle.
Beide Männer bedrohten die Jungen mit Pistolen!

Der Gegner steht vor einem Problem

»So, da wären wir ja wieder beisammen«, sagte der stämmige Kidnapper mit boshaftem Grinsen.
»Sieht so aus, als hätten wir endlich unseren jungen Mann«, sagte der Große.
»Sieht tatsächlich so aus, was, Fred?«
»Wir sollten diesen schlauen Burschen richtig dankbar sein, nicht?« sagte Fred. »Da haben sie uns einen großen Gefallen getan! Machen es uns so richtig leicht.«
»Meine Dankbarkeit ist grenzenlos, Fred.« Walt lachte.
Die beiden Extremisten aus Nanda hatten sichtlich Spaß an ihrem Geplänkel, und eilig schienen sie es überhaupt nicht zu haben. Wenn nur MacKenzie und Ndula kämen . . .!
»Damit kommen Sie nicht weit!« fuhr Bob erregt auf.
»Und bei Sir Roger bringt es Ihnen sowieso nichts ein!« setzte Peter empört hinzu.
»Wir werden es bestimmt schaffen, mein Junge«, sagte Walt ungerührt. »Und mit Sir Roger wird es schon klappen.«
Der untersetzte Kidnapper grinste und schaute erst auf Ian, dann auf Justus. Der andere Mann sah sich ebenfalls Justus und Ian an. Bob und Peter merkten, wie Justs Augen plötzlich aufleuchteten.
»Du warst ganz schön clever, junger Mann«, sagte Walt, »wie du uns das alles verheimlicht hast – wer du bist, und daß wir den Falschen erwischt hatten. War ja wirklich ein Glück, daß wir unbemerkt hierher zurückgekommen sind, nachdem wir den Hubschrauber stehengelassen hatten, was? Wir lasen nämlich die Zeitung, und da wurde uns unser Irrtum klar. Wir sagten uns, daß der kleine Carew noch hier in der Gegend sein mußte, und während im ganzen Staat die Fahndung nach uns lief, beschatteten wir hier das Gelände.«
»Und da sahen wir tatsächlich MacKenzie und seinen schwarzen

Busenfreund Ndula«, setzte Fred mit einem bösen Lächeln hinzu. »Als ihr Jungen mit den beiden regen Kontakt angeknüpft hattet, da wußten wir, daß ihr uns früher oder später auf Ians Spur führen würdet. Es war ein Kinderspiel, zwischen all den Kunden, die auf den Schrottplatz kommen, mal kurz unterzutauchen. Ihr wart alle so festgefahren auf euer Ziel, Ian zu finden, daß ihr uns glatt übersehen habt.«
»Natürlich haben wir Sie gesehen!« schrie Peter erbittert.
»Gegenüber auf der Straße? Ja, das wäre beinahe schiefgelaufen«, gab Walt zu. »Aber es ist nochmal gutgegangen. Später sahen wir euch dann hier in der Werkstatt und pappten euch die Wanze hin, während ihr weg wart – ein Kinderspiel!«
Die beiden Kidnapper standen mit dem Rücken zu einem mächtigen Turm von Gerümpel, der dicht hinter ihnen in die Höhe ragte. Bob warf Justus einen raschen Blick zu. Die Jungen hatten in diesen Schrottberg eine Falle eingebaut, so daß sie ihn notfalls zu Häupten eines Widersachers zum Einsturz bringen konnten. Doch Justus schüttelte kurz den Kopf – ein solches Risiko sollte man bei einem bewaffneten Gegner nicht eingehen. Nur in seinen Augen war ein eigenartiges Leuchten. Was hatte der Erste Detektiv im Sinn?
»Die Polizei im ganzen Staat fahndet nach Ihnen!« erklärte Peter, um Zeit zu gewinnen.
»Die finden Sie todsicher«, sagte Bob.
»Na schön, aber wir haben ja unsere Geisel, nicht?« meinte Walt.
»Da werden sie uns kein Haar krümmen können«, sagte Fred höhnisch.
»Also los, Ian, es wird Zeit«, sagte Walt barsch.
»Du willst doch nicht, daß hier jemand was zustößt«, mahnte Fred.
Ian trat vor. »Nein, ich geh' schon mit.«
Justus stellte sich neben Ian hin. »Nein, ich geh' schon mit.«
»Hör mal, Justus«, sagte Ian. »Bring dich nicht auch noch in Gefahr.«

»Hör mal, Justus«, kam es wie ein Echo von Justus. »Bring dich nicht auch noch in Gefahr.« Er setzte hinzu: »Die Burschen lassen sich doch nicht täuschen, Justus. Sie wissen, daß ich der echte Ian bin.«

Fabelhaft, diese Idee von Justus! Ohne Sprach- und Imitationstalent hätte sie sich freilich nicht so überzeugend verwirklichen lassen. Doch keine Sorge –

Justus sprach mit englischem Akzent! Im gleichen Tonfall wie Ian!
»Laß doch, Justus!« erhob Ian Einspruch. »Im Ernst, wir sollten nicht versuchen, die Burschen hereinzulegen. Sie wissen ganz genau, daß ich Ian bin.«
Die beiden Kidnapper standen da und starrten auf die Doppelgänger, und nun war ihnen gar nicht mehr nach Lachen und Wortgeplänkel zumute. Plötzlich war es ganz klar, daß sie die Jungen tatsächlich nicht auseinanderhalten konnten! Da wußte Bob, was das Leuchten in Justs Augen bedeutet hatte – der Erste Detektiv hatte bemerkt, daß die Männer nicht sicher waren, welcher Junge der richtige war. Die beiden waren einander einfach zu ähnlich, sie waren in gleicher Art gekleidet, und nun – dank Justs Sprachtalent – hörte sich auch noch ihre Rede völlig gleich an!
»So«, sagte Walt drohend, »jetzt reicht es aber mit diesem Trick. Nun redet der echte Ian Carew!«
»Sonst könnte es für einen von euch beiden übel ausgehen«, warnte Fred.
»Bitte, Justus«, sagte Ian. »Ich muß mit ihnen gehen!«
»Laß das jetzt, Justus«, sagte Justus. »Sie wissen inzwischen, daß ich Ian bin. Du bist ja viel zu feige, um mit ihnen zu gehen!«
Die Kidnapper schauten die beiden Jungen fassungslos an.

»Der da ist es, der in dem bunten Hemd«, entschied Fred. »Er hat recht, der andere ist zum Mitkommen zu feige. Er will uns hereinlegen.«
»Aber der echte Ian Carew würde versuchen, seine Freunde da herauszuhalten, und nachgeben«, sagte Walt. »Nehmen wir sie uns mal gründlich vor!«
Mit gezückter Pistole ging Fred auf die beiden Jungen los.
»Schau in den Kleidern nach«, befahl Walt. »Wäschezeichen!«
Fred sah hinten in Justs Hemdenkragen nach. »Da haben wir's, Walt! Hier steht: Jonas 1127!«
Justus zuckte die Achseln. »Ich habe mir meine Sachen zerrissen, als ich vor Ihnen weglief. Die hier habe ich mir auf dem Schrottplatz besorgt. Schaut doch mal bei ihm nach.«
Fred schaute in Ians Hemdenkragen. Er stieß einen lauten Fluch aus. »Jonas 1127! Es bringt uns nicht weiter!«
Ian nickte. »Wirklich, ich hatte meine Sachen kaputtgemacht, und da fand ich ein Hemd und eine Hose auf Justs Schrottplatz. Und in meinen Taschen habe ich gar nichts, also beweist das, daß ich Ian bin!«
»Dann hätten wir ja zweimal Ian, Justus«, sagte Justus. »Meine Taschen sind leider auch ganz leer – schließlich sind es nicht meine Kleider!«
Bob und Peter rissen den Mund auf. Natürlich! Justus hatte letzte Nacht in den Kleidern geschlafen und deshalb alles aus seinen Taschen entfernt.
»Allerdings, meine Herren«, fuhr Justus mit seinem gekonnten englischen Tonfall fort, »Justus hat da etwas in seiner Hemdentasche, und das beweist, daß er Justus Jonas ist!«
Fred griff rasch in Ians Hemdentasche und zog das kleine Abhörgerät hervor. Verdutzt wandte er sich an seinen Komplizen. »Das ist ja unsere Wanze! Und das hier ist die Werkstatt des jungen Jonas – also liegt es auf der Hand, daß er die Wanze an sich genommen hat!«
»Du Idiot!« brauste Walt auf. »Wir hörten doch, wie Ian Carew

die Wanze entdeckte, und dann gaben sie das Ding von Hand zu Hand! Wer weiß, welcher die nun zuletzt hatte? Und bloß nicht danach gehen, was sie sagen – gründlich durchsuchen!«
Mit rotem zornigem Gesicht drehte sich Fred zu den Jungen um und prallte unsanft gegen Justus, der dicht hinter ihm gestanden hatte. Justus bekam rasch die Jacke des Mannes zu fassen, und so fiel er wenigstens nicht hin. Mit einem Fluch riß sich Fred los.
»Nimm die Hände weg, Junge! Und bleib stehen.«
Der Mann durchsuchte Justus gründlich, dann drehte er sich um und nahm sich Ian vor.
»Nichts zu finden, bei keinem. Es ist hoffnungslos, Walt.«

Und wo ist Justs Notrufgerät geblieben? Konnte es der Erste Detektiv unbemerkt loswerden, in der Umgebung aus Schrott und Gerümpel?

Justus grinste, und Ian schaffte es plötzlich auch.
»Mir reicht's jetzt«, sagte Walt. »Ian Carews Vater hat einen Chauffeur. Er ist beim Militär. Wie ist sein Name und sein Dienstgrad? Einer von euch kann damit beweisen, daß er Ian ist, und dann lassen wir Jonas ziehen.«
Bob und Peter erstarrten. Die Antwort darauf konnte Justus einfach nicht wissen. Ian konnte also beweisen, wer er war.
»Na schön«, sagte Ian. »Ihr habt gewonnen. Ich bin Justus Jonas!«
Bob und Peter ließen es sich nicht anmerken, aber heimlich jubilierten sie. Ian hatte die Spielregel begriffen und spielte mit!
»Schön, ich geb's zu«, sagte Justus. »Ich bin Justus Jonas.«
Dem Kidnapper-Paar stand ohnmächtige Wut im Gesicht geschrieben. Walt wandte sich an Bob und Peter.
»Vielleicht habt wenigstens ihr beide genug Verstand, um euren

Freund vor seiner eigenen Dummheit zu schützen. Sagt uns, wer Ian ist.«

»Der ist es!« Peter zeigte auf Ian.

»Der!« Bob zeigte auf Justus.

Walt nickte. »Na gut, dann bleibt uns nur das eine übrig.« Langsam ging er auf die beiden Jungen zu, die sich glichen wie ein Ei dem anderen.

Ein gefährliches Unternehmen

Adam Ndula holte Gordon MacKenzie auf der Ranch zum Roten Löwen ab, und dann fuhr er mit dem großen Cadillac zum Schrottplatz. Inzwischen schien hell die Morgensonne. Schnell gingen sie durchs Haupttor hinein. Von den Jungen war keiner da. Sie schauten sich auf dem stillen Hof um, der zu so früher Morgenstunde noch verlassen dalag.
»Ian!« rief MacKenzie. »Justus?«
»Bob sagte doch, sie seien mit Ian in ihrer versteckten Zentrale. Wo die wohl sein mag?« meinte Ndula. Laut rief er: »Justus Jonas!«
»Ian! Justus!«
»Zum Donnerwetter, was ist denn das für ein Radau?« Tante Mathilda schaute um die Ecke ihres Bürohäuschens. »Wissen Sie denn nicht, wie früh es ist, Sie rücksichtslose Ruhestörer?«
»Tut mir leid, Madam«, sagte MacKenzie rasch, »aber wir suchen die Jungen. Haben Sie Justus gesehen?«
»Ach, Sie beide sind es. Ist doch kein Benehmen für erwachsene Männer!«
»Können Sie uns sagen, wo Ihr Neffe ist?« fragte Ndula.
»Nein, kann ich nicht«, wies ihn Tante Mathilda schroff ab. »Der hat sich mit seinen Freunden schon in aller Frühe davongemacht, weiß der Himmel wohin.«
»Aber sie hatten sich hier mit uns verabredet«, sagte Ndula.
»Dann treiben sie sich wahrscheinlich irgendwo auf dem Schrottplatz herum. Versuchen Sie es mal in der Werkstatt. Gleich hier links, zu dem hohen Schrottberg, und dann geht es –«
»Vielen Dank«, unterbrach MacKenzie, »aber ich glaube, da sind wir schon mal gewesen.«
Die beiden Afrikaner liefen über den Hof zur Freiluftwerkstatt. Doch diese war verlassen.

»Sie sind nicht da!« rief MacKenzie.
»Was ist denn das?« Ndula horchte auf.
Ein schwaches Pochen kam aus nächster Nähe. Ein metallisches Hämmern und ein gedämpfter Laut wie Knurren oder Stöhnen.
»Da drüben!« rief Ndula. »Das große Rohrstück!«
Sie liefen zu der Mündung der großen Röhre hin und spähten ins Innere. Da lagen Bob und Peter, gefesselt ins Rohr eingezwängt! Die beiden Männer griffen zu und holten sie heraus. Rasch nahmen sie ihnen die Fesseln und die Knebel ab.
»Die Kidnapper!« rief Peter kläglich.
»Die haben sie mitgenommen!« sagte Bob ganz verzweifelt.
»Sie?« fragte MacKenzie. »Du meinst, Ian und Justus? Die Kidnapper haben sie mitgenommen? Wann war das?«
»Noch keine fünf Minuten ist es her«, stöhnte Peter. »Allerhöchstens! Sie konnten die beiden nicht auseinanderhalten, und Ian und Justus wollten es ihnen nicht sagen – und da haben die Männer eben beide mitgenommen!«
»Und wohin?« fragte Ndula.
»Wissen wir nicht!«
»Was hatten sie denn für ein Auto? Habt ihr euch das Kennzeichen gemerkt?«
»Den Wagen haben wir gar nicht gesehen!«
»Weit können sie noch nicht sein«, sagte MacKenzie. »Die Polizei kann –«
»Peter?« Ndula war erschrocken. »Was ist denn das – als ob es auf deiner Brust brennt! Da blinkt ja ein rotes Licht!«
»Das ist dein Notsignal, Kollege!« rief Bob. »Das kann nur Justus sein! Schnell, schalte ein und schau auf den Zeiger!«
Peter zog das Kästchen aus seiner Hemdentasche. Das rote Lämpchen blinkte in unregelmäßigem Rhythmus. Als Peter das Gerät einschaltete, begann es laut zu piepsen, und der Pfeil auf der Skala zeigte geradewegs ins Zentrum von Rocky Beach.
»Hört nur, wie laut der Ton ist!« rief Peter. »Das bedeutet, daß sie noch nicht weit gekommen sind!«

»Und sie fahren stadteinwärts, nicht aufs Land«, sagte Bob. »Schnell, Mac, wir fahren ihnen hinterher! Vielleicht schaffen wir es noch!«
Die beiden Afrikaner und die Jungen liefen aus dem Hof zu dem großen schwarzen Cadillac. Peter beugte sich über die Anzeigeskala. Die Piepser waren laut und klar zu hören.
»Dorthin!« Peter zeigte die Richtung an. »Direkt zur Stadtmitte!«
Ndula fuhr zügig los. MacKenzie schaute auf das Gerät. »Was ist das eigentlich für ein Instrument? Wie funktioniert es?«
»Es ist Richtungsanzeiger und Notrufgerät«, erklärte Bob, während die Piepser noch lauter hereinkamen. »Für Sendung und Empfang. Im Augenblick ist es auf Empfang geschaltet, und Justs Signal kommt herein. Das sind die Piepser. Sie werden lauter und schneller, wenn sich der Abstand zwischen beiden Geräten verringert, und der Pfeil auf der Skala zeigt an, aus welcher Richtung das Signal kommt. Gleichzeitig dient das Instrument als Notrufgerät – das rote Licht reagiert auf die menschliche Stimme. Meine Signallampe blinkt jetzt. Just sagt gerade –«
»Sag' das Wort nicht!« rief Peter. »Sonst schaltest du damit Justs Gerät ein!«
Bob stutzte. »Ja so, natürlich. Also: Justus spricht ›H-i-l-f-e‹ in sein Gerät, und deshalb blinkt es hier bei mir.«
»Nach rechts, Adam!« gebot Peter plötzlich. »Die Piepser werden immer lauter. Ich glaube, die Kidnapper haben angehalten!«
MacKenzie runzelte die Stirn. »Jedes Gerät dient also als Sender und Empfänger, Bob? Und Justus betätigt jetzt sein Gerät im Wagen der Entführer? Was passiert denn, wenn wir sein Gerät versehentlich einschalten?«
»Bestimmt hat er seinen Piepser abgestellt«, erklärte Bob, »damit ihn die Männer nicht hören. Und er hält wahrscheinlich das Gerät in seiner Tasche versteckt, damit sie das rote Licht nicht sehen, wenn es zu blinken anfängt.«
»Ich hoffe nur, er hat es gut versteckt«, sagte MacKenzie lang-

sam, »denn das ist ein sehr gefährliches Unternehmen. Wenn die Männer ihn mit dem Signal erwischen, dann sehen sie sofort klar, wer nun Justus ist.«
Bob wurde blaß. »Schneller, Adam!«

Der Mietwagen der Entführer – ein blauer Lincoln – war in eine Selbstbedienungs-Tankstelle eingefahren. Justus und Ian saßen auf dem Rücksitz bei Walt. Fred tankte auf, und niemand kam in die Nähe des eleganten Wagens.
»Es wird für euch beide einfacher sein, wenn ihr uns jetzt sagt, welcher von euch Ian Carew ist«, äußerte Walt.
»Es wird Hilfe kommen«, sagte Justus. »Ich weiß, daß wir Hilfe bekommen.«
»Ja«, bestätigte Ian. »Unsere Freunde werden uns Hilfe schikken.«
»Dann kann es zu spät sein«, knurrte Walt. »Wenn der kleine Jonas jetzt aus dem Wagen steigt, dann lassen wir ihn ziehen. Er kann ungehindert gehen. Wenn wir aber erst später herausfinden, wer er ist – dann müssen wir ihn uns irgendwie vom Hals schaffen!«
»Das glaube ich Ihnen nicht«, sagte Ian.
»Ich auch nicht«, sagte Justus. »Es wird Hilfe kommen.«
»Sei nicht dumm, Jonas«, sagte Walt und blickte von einem Jungen zum anderen. »Die Sache geht dich ja gar nichts an. Falls du dir Sorgen um Ian machst – dem passiert nichts. Wir brauchen ihn ja noch für ein wichtiges Vorhaben. Ihm *darf* also nichts passieren.«
»Bis er euch nichts mehr nützen kann«, sagte Justus.
»Wenn wir euch beide mitschleppen müssen –« knurrte Walt drohend, »na, wer weiß, wo Jonas am Ende landen könnte . . .«
Die Jungen wurden bleich, aber keiner sprach ein Wort. Fred stieg wieder vorn ein. »Also schön, Walt, sie haben ihre Chance gehabt. Jetzt lösen wir das Problem auf unsere Art. Diese Burschen sind doch nicht so klug, wie sie meinen!«

Ndula lenkte den Cadillac in gewagtem Tempo durch die Straßen von Rocky Beach. Peter saß neben ihm und hatte die Skala im Blick. Bob und MacKenzie saßen vorgebeugt hinten im Wagen, um das Gerät auch sehen zu können. Plötzlich wurde das Piepsen langsamer und schwächer!

»Rechts abbiegen!« rief Peter. Gerade schwenkte der Pfeil auf der Skala scharf zum Ufer hin.

An der nächsten Kreuzung bog Ndula in eine breite Hauptstraße ein, die zum Hafen führte. Jetzt, zur Zeit des morgendlichen Berufsverkehrs, war sie stark befahren. Die Piepser wurden noch langsamer und immer schwächer!

»Sie sind wieder nach Süden abgebogen!« rief Peter.

»Peter!« sagte Bob. »Die müssen jetzt auf der Autobahn sein! Der Pfeil zeigt nach Südosten, Richtung Los Angeles!«

»Ja . . . da hast du wohl recht, Kollege.« Peter seufzte.

»Wie weit ist es bis zur Autobahn?« fragte MacKenzie.

»Etwa zwei Kilometer«, sagte Bob.

Ndula schüttelte den Kopf. »Bei diesem starken Verkehr kann ich nicht so schnell fahren.«

»Auf der Autobahn sind sie viermal so schnell wie wir«, sagte MacKenzie verdrossen. »Wie weit reicht euer Signal?«

»Nur etwa fünf Kilometer«, sagte Bob.

Während der Cadillac auf der stark befahrenen Straße nur langsam vorankam, beobachteten sie hilflos den Zeiger, der nur noch schwach ausschlug, und hörten die Piepser allmählich ersterben. Dann reagierte der Zeiger überhaupt nicht mehr, die Piepser verstummten ganz, und das rote Licht erlosch.

»Weg sind sie«, sagte MacKenzie. »Auf der Autobahn könnten wir sie nie einholen, und wir wissen ja nicht mal, was sie für einen Wagen fahren. Jetzt müssen wir zur Polizei gehen.«

Auf dem Rücksitz des Lincoln saßen Justus und Ian dicht zusammengedrängt. Walt saß daneben, die Pistole auf den Knien, die Augen geschlossen.

»Du mußt es ihnen sagen, Justus«, flüsterte Ian Justus ins Ohr. »Dann lassen sie dich frei.«
»Nein«, flüsterte Justus zurück, »sie werden mich nicht freilassen. Ich bin hier sicher, solange sie uns nicht unterscheiden können. Ian Carew werden sie nichts tun, wenigstens jetzt noch nicht. Aber Justus Jonas können sie nicht gebrauchen. Und ich weiß zu viel von ihnen.«
Walt blinzelte mit einem Auge. »Still jetzt, ihr beiden! Ihr habt eure Chance gehabt, den Mund aufzumachen. Jetzt dauert es nicht mehr lange, dann können wir einen von euch loswerden!«
Mit brutalem Lachen schloß der Mann wieder die Augen, und der Lincoln raste weiter durch den sonnigen Morgen, seinem unbekannten Ziel entgegen.

Von Peter durchschaut!

Peter, Bob und die beiden Afrikaner saßen wartend auf der langen Bank im Polizeipräsidium. Onkel Titus und Tante Mathilda waren auch dabei. Nachdem die Jungen und die beiden Männer Bericht erstattet hatten, war Tante Mathilda, sonst so temperamentvoll, ungewohnt gelassen.

»Dieser andere Junge, Ian Carew, ist also wichtig für Ihr Land, Mr. Ndula?« fragte sie. »Für Nandas Unabhängigkeit und seine Zukunft?«

»Ja, Mrs. Jonas«, sagte Ndula. »Sehr wichtig. Sein Vater ist unsere große Hoffnung für eine Unabhängigkeit ohne Bürgerkrieg, für eine von der Mehrheit unterstützte Regierung und für eine friedliche Zukunft. Mit Ian in ihrer Gewalt wollen die Entführer Sir Roger zwingen, ihre Forderungen zu erfüllen. Deshalb müssen wir Ian befreien.«

»Und Justus und seine Freunde halfen bei der Suche nach Ian mit, und dabei geriet auch Justus in die Gefangenschaft der Entführer?«

»Ja, so ist es leider gekommen«, sagte MacKenzie.

»Dann haben die Jungen getan, was ihre Aufgabe war«, verkündete Tante Mathilda. »Es freut mich, daß sie Ihnen helfen wollten. Jetzt müssen wir nur beide Jungen heil und gesund zurückbekommen.«

Hauptkommissar Reynolds trat zu den Wartenden, das Gesicht ernst und angespannt. »Ich habe die Polizei von Los Angeles alarmiert«, berichtete der Polizeichef, »aber ich weiß nicht, was sie ausrichten können. Wir wissen weder die Wagentype noch das amtliche Kennzeichen. Die Kollegen dort können höchstens die Personenbeschreibung der Entführer an ihre Funkwagen durchgeben, und –«

»Das ist mir nichts Neues!« sagte Tante Mathilda mit verächtlichem Schnauben. »Mir scheint, das haben Sie schon mal gemacht, aber eingebracht hat es Ihnen nichts. Die haben ja nun vor Ihrer Nase nochmal zugeschlagen!«

»Kidnapper kommen normalerweise nicht zum Tatort zurück, Mrs. Jonas. Wir hatten keinen Anlaß zu der Annahme, daß sie das tun würden.«

»Aber ja doch!« fauchte Tante Mathilda. »Justus hatte Ihnen gesagt, es seien keine Entführer vom üblichen Typ! Sie hätten besser zuhören sollen.«

»Da haben Sie wohl recht, Mrs. Jonas«, räumte Hauptkommissar Reynolds ein. »Jedenfalls wird die Polizei von Los Angeles alle verfügbaren Leute zur Fahndung nach den Entführern und den beiden Jungen einsetzen. Allerdings können sie nicht gleich zufassen, wenn sie sie finden.«

»Und warum nicht, Kommissar?« fragte Onkel Titus.

»Weil die Entführer Justus und Ian als Geiseln genommen haben, Mr. Jonas, und weil sie bewaffnet sind. Nach der Darstellung von MacKenzie und Ndula sind diese Männer eher vom militärischen Typ und nicht einfach Kriminelle, und dann sind sie jederzeit bereit, sich zur Durchsetzung ihrer Forderungen selbst zu opfern«, erklärte der Kommissar. »Nein, wir haben nur die Hoffnung, uns irgendwie auf ihre Fährte zu setzen und überraschend einzugreifen, wenn sie am wenigsten damit rechnen.«

»Aber die Jungen sind in großer Gefahr!« rief Onkel Titus.

»Nein«, sagte MacKenzie, »ich glaube nicht, daß sie unmittelbar gefährdet sind, Mr. Jonas. Die Entführer dürfen Ian keinem Risiko aussetzen, sonst können sie ihn nicht als Druckmittel gegen Sir Roger verwenden, und ich glaube auch nicht, daß sie Justus etwas antun werden. Es handelt sich hier um eine politische Aktion, nicht um eine Kindesentführung zur Erpressung von Lösegeld, und sie möchten auch die amerikanischen Behörden nicht unnötig aufhetzen. Wenn sie natürlich nach Nanda zurückkehren, dann sieht die Sache anders aus.«

»Dann müssen wir eben verhindern, daß sie nach Nanda zurück-

kehren«, sagte der Kommissar. »Wenn wir nur den Grund wüßten, warum sie nun nach Süden, Richtung Los Angeles, gingen. Beim vorigen Mal hatten sie sich nach Norden gewandt.«
»Bestimmt hatten sie eine Fluchtroute vorbereitet«, sagte Ndula.
»Ja, für sie beide und Ian!« meldete sich Bob plötzlich. »Aber nun haben sie zwei Jungen bei sich und wissen nicht, welcher Ian ist. Das ist ein Problem, mit dem sie nicht gerechnet hatten, und vielleicht hat sie das veranlaßt, ihre Pläne zu ändern!« Bob wandte sich rasch an MacKenzie und Ndula. »Hätten sie denn irgendeine Möglichkeit, Ian in Los Angeles zu identifizieren?«
»Nicht daß ich wüßte, Bob«, sagte MacKenzie.
»In Nanda ja«, sagte Ndula, »aber nicht in Los Angeles.«
Peter überlegte. »Gibt es jemanden bei der Handelsvertretung von Nanda, der Ian kennt? Vielleicht einen Freund der Familie?«
MacKenzie und Ndula sahen einander überrascht an. Auf diese Idee waren sie nicht gekommen, und nun fragten sie sich, warum nicht!
»John Kearney vielleicht?« meinte Ndula.
»Das ist ein alter Freund von Sir Roger«, sagte MacKenzie. »Die Jungen hätten keinerlei Chance, auch ihn zu täuschen. Aber wie sollte –«
»Wer ist dieser Kearney?« fragte der Kommissar.
»Der Leiter unserer Handelsvertretung in Los Angeles«, erklärte MacKenzie. »Aber John Kearney würde diese Extremisten auf keinen Fall unterstützen.«
»Mag sein«, räumte der Polizeichef ein. »Aber grundsätzlich hat Bob recht. Sie haben jetzt ein großes Problem, mit dem sie vorher nicht gerechnet hatten, und das müssen sie lösen, bevor sie irgendwelche Fluchtpläne weiterverfolgen können. Wenn ihnen bekannt ist, daß Kearney Ian identifizieren kann, dann könnten sie durchaus versuchen, ihn mit einem Trick zu täuschen, oder ihn einzuschüchtern, damit er sich äußert. Er müßte dringend gewarnt werden.«
»Dann rufe ich ihn besser gleich an«, sagte MacKenzie. »Diese

Entführer haben irgendeinen Draht zu der Handelsvertretung. Vielleicht können wir sie in die Falle locken, solange ihnen nicht bekannt ist, daß die Polizei von Kearney weiß.«
»Gut, rufen Sie ihn an«, sagte Reynolds. »Benützen Sie mein Telefon hier.«
Alle warteten ungeduldig, während MacKenzie telefonierte. Tante Mathilda schritt erregt auf und ab.
»Was meinen Sie, was die Entführer tun, wenn sie nicht herausfinden, welcher Junge Ian ist?« fragte sie Ndula.
»Dann müssen sie wohl beide Jungen nach Nanda mitnehmen«, sagte Ndula beklommen.
»Nach Afrika?« rief Tante Mathilda. »Diese Verbrecher!«
MacKenzie kam zurück. »Kearney ist nicht in seinem Büro. Angeblich ist er im Umkreis von Hollywood unterwegs, es sollen an verschiedenen Orten Vorträge und Ausstellungen über Folklore und Kunsthandwerk stattfinden. Seine Mitarbeiter wissen nicht genau, wo sich die Delegation zur Zeit befindet. Ich sagte nicht, weshalb ich anrief. Ich halte es für richtig, daß wir sofort nach Los Angeles fahren.«
»Ja!« rief Ndula. »Wenn die Entführer tatsächlich Kearney aufsuchen wollen und das noch nicht getan haben, dann müssen sie sich ja an die Handelsvertretung wenden, und dort können wir sie dann abfangen!«
»Ich gebe einen Funkspruch an die Polizei in Los Angeles, daß die Handelsvertretung ab sofort überwacht wird, falls Ihr Mann zurückkehrt, ehe wir von hier aus hinkommen«, sagte der Kommissar. »Dann können ihn die Kollegen warnen und die Entführer abpassen.«

Justus und Ian saßen in einem stockdunklen, fensterlosen kleinen Raum. Sie waren seit mehreren Stunden allein, seit die Entführer sie unsanft aus dem großen Lincoln gestoßen und in ein kleines Haus hoch oben auf einem Berg in einem üppig wuchernden Garten gesperrt hatten. Obwohl ihre Augen mittlerweile an die Dun-

kelheit in dem kleinen Raum gewöhnt waren, konnten sie kaum Einzelheiten erkennen.
»Wo sind wir hier, Justus?« fragte Ian.
»Ich glaube, irgendwo in den Bergen von Hollywood«, sagte Justus. »In irgendeinem Vorratsraum oder Weinkeller.« Er hatte den Raum kurz überblicken können, als die Entführer ihn und Ian einsperrten. Beide Jungen waren gefesselt, so daß sie keinen Ausbruchsversuch unternehmen konnten, aber im übrigen war Justus ziemlich sicher, daß es gar keinen Fluchtweg gab.
»Was haben die wohl mit uns vor?«
»Bestimmt haben sie den Plan, dich heimlich aus dem Land zu schaffen und nach Nanda zurückzubringen, aber warum wir hier festsitzen, ist mir nicht klar. Es sei denn –«
»Was denn, Justus?« fragte Ian.
»Es sei denn, sie warten auf jemand, der dich einwandfrei erkennen kann«, sagte Justus gelassen.
»Ja, so wird es wohl sein«, sagte Ian, »und dann brauchen sie sich nicht mehr mit uns beiden zu belasten. Ich frage mich nur, was sie dann mit dir machen.«
»Das frage ich mich auch«, sagte Justus bedrückt.

In der heißen Mittagssonne lenkte der Kommissar seinen Dienstwagen auf den Parkplatz eines Bürogebäudes am Wilshire Boulevard. Ndula parkte den großen schwarzen Cadillac nebenan. Als der Kommissar ausstieg, kam ein Beamter der Polizei von Los Angeles angelaufen.
»Mr. Kearney ist noch nicht zurück, Kommissar, und irgendwelche verdächtigen Ankömmlinge haben wir bei der Handelsvertretung nicht beobachtet. Wir haben dort oben einen Mann auf Posten.«
»Die Entführer sind nicht hier in der Nähe, Herr Kommissar«, setzte Peter mit einem Blick auf sein Peilgerät hinzu. »Mein Gerät empfängt immer noch keine Signale.«
»Vielleicht wissen die oben etwas von Kearney«, sagte Ndula.

»Da erkundigen wir uns mal«, sagte MacKenzie, »aber ich finde, der Kommissar sollte hier unten bleiben und nicht durchblicken lassen, daß die Polizei das Gebäude überwacht.«
Die Jungen und die beiden Afrikaner gingen in das Haus und fuhren mit dem Aufzug zur Handelsvertretung im dritten Obergeschoß. Die Empfangsdame begrüßte MacKenzie und Ndula, doch dann schüttelte sie den Kopf. Sie hatte nichts von Mr. Kearney gehört.
»Er verbringt mit seiner Assistentin, Miss Lessing, den Tag bei diesen Folklore-Veranstaltungen«, erklärte sie. »Miss Lessing sprach zwar davon, daß sie nicht den ganzen Tag über wegbleiben wollten. Wenn sie vor Dienstschluß ins Büro zurückkommt, kann sie Ihnen vielleicht genau Bescheid sagen, wo Mr. Kearney erreichbar ist. Mir wäre es sehr recht, wenn sie bald käme. Es sind heute früh laufend Anrufe für sie und Mr. Kearney eingegangen, und ich konnte doch keine Auskunft geben . . .«
Es hatte ganz den Anschein, als würde die Empfangsdame nun genüßlich all ihre Kümmernisse aufzählen, aber glücklicherweise klingelte auf ihrem Schreibtisch das Telefon. Sie drehte sich um und nahm ab, und die Besucher entflohen.
»Da ist die undichte Stelle in der Handelsvertretung!« rief Peter. »Wetten, daß sich die Dame über alles Erdenkliche verbreitet, wenn man lange genug bei ihr ausharrt?«
»Kann schon sein«, meinte MacKenzie lachend. »Sie ist immer für einen Plausch zu haben. Aber leider kann sie uns das eine nicht sagen, was uns interessiert – wo Kearney ist.«
»Immerhin kann sie es dann auch den Entführern nicht verraten«, stellte Ndula fest.
»Und was machen wir jetzt?« fragte Bob, als sie im Aufzug hinunterfuhren.
»Warten und hoffen, daß jemand sich hier bei der Handelsvertretung meldet – die Entführer, Miss Lessing oder Kearney«, antwortete MacKenzie. »Das wäre vorerst die Hauptsache.«
Bob, Peter, die Afrikaner und einige Polizisten brachten also etli-

che unergiebige Stunden in der Hitze auf dem Parkplatz zu. Sie behielten Peters Signalgerät im Auge, aber das Lämpchen blinkte in der ganzen Zeit nicht ein einziges Mal auf.
»Das ist ja kaum auszuhalten!« stöhnte Peter. Den Zweiten Detektiv hatte die Angst gepackt. »Wer weiß, was für schlimme Sachen Justus und Ian inzwischen zugestoßen sind! Wir wissen ja nicht mal, ob die Entführer inzwischen noch jemand anders gefunden haben, der Ian identifizieren könnte!«
»Eben, das wissen wir nicht«, sagte Ndula ingrimmig. »Aber die Handelsvertretung ist die einzige uns bekannte Verbindung zu den Entführern, also bleiben wir hier.«
Am späten Nachmittag endlich meldete sich der in unauffälliges Zivil gekleidete Polizist, der oben beim Eingang zur Handelsvertretung wartete, über sein Walkie-talkie bei Hauptkommissar Reynolds. »Eine dunkelhaarige Frau ist soeben hineingegangen, sie scheint dort angestellt zu sein. Gehört sie zu den gesuchten Personen?«
»Miss Lessing!« rief MacKenzie. »Die war das vielleicht. Alle wieder nach oben!«
Die Empfangsdame schaute mit einem Lächeln auf, als Peter, Bob und die Afrikaner zum zweiten Mal die Handelsvertretung betraten. »Hallo, da sind Sie ja wieder. Von Mr. Kearney haben wir nichts gehört, aber Miss Lessing ist zurückgekommen. Möchten Sie sie sprechen? Sie ist in Mr. Kearneys Büro.«
Als die Besucher Mr. Kearneys Büro am Ende des Korridors erreichten, blieb Peter plötzlich stehen und horchte.
»Was ist denn, Kollege?« fragte Bob.
»Ich dachte, ich hörte in dem Büro Leute reden. Vielleicht hat Miss Lessing gerade eine Besprechung.«
Ndula lauschte angespannt. »Ich höre nichts, Peter.«
»Nein, nichts«, sagte Peter langsam. »Da habe ich mich wohl getäuscht.«
Sie klopften und traten ein. Miss Lessing stand hinter Mr. Kearneys Schreibtisch und sah Akten durch. Die große, dunkelhaarige

Frau trug eine grüne Bluse und dieselbe graue Hose, die sie angehabt hatte, als sie bei MacKenzie und Ndula im Hotel in Rocky Beach erschienen war. Ihre Augen leuchteten auf, als sie die beiden sah. »Haben Sie Ian gefunden?«

»Gefunden«, sagte MacKenzie verbittert, »und verloren.«

»Verloren?« Miss Lessing nahm beiläufig einen Ohrring vom Tisch und legte ihn an.

»Waren Sie den ganzen Tag mit Mr. Kearney zusammen, Miss Lessing?« fragte Ndula.

Sie nickte.

»Hat ihm irgend jemand Fragen über Ian gestellt?«

»Nein.« Sie schüttelte den Kopf. »Niemand. Wieso?«

»Er ist jetzt in den Händen der Kidnapper«, erklärte MacKenzie, »und wir glauben, daß sie hier in Los Angeles sind und nach Kearney suchen, damit sie ihn –«

»Ach ja, natürlich!« rief Miss Lessing. »Mr. Kearney könnte Ian sofort identifizieren. Ihn könnten sie nicht täuschen. Sie müssen ihn sofort warnen.«

»Wo können wir ihn erreichen?« fragte MacKenzie.

Miss Lessing sah auf die Uhr. »Um diese Zeit müßte er an einer von zwei Stellen sein: entweder beim Import-Fachverband des Kunsthandwerks oder bei der Boutique ›Kunst aus Afrika‹. Er hat für heute nur noch diese zwei Termine, und die muß er beide noch vor fünf Uhr wahrnehmen.«

»Da haben wir noch eineinhalb Stunden Zeit, um beide Stellen zu erreichen«, rechnete sich Ndula aus. »Das machen wir am besten getrennt.«

»Und schnell!« rief Bob.

Miss Lessing schrieb die beiden Adressen auf, und die vier Besucher liefen hinaus zum Aufzug. Kaum hatte sich die Aufzugtür geschlossen, wandte sich Peter an die anderen drei.

»Mac, Adam, Bob! Sie lügt! Sie schickt uns vorsätzlich in die Irre!«

Gleich wird es sich herausstellen, worauf Peter seinen Verdacht gründet. Denkt inzwischen auch darüber nach, womit sich die Dame verraten haben könnte!

Unverhofft entlarvt

»Wie meinst du das, Peter?« rief Bob.
»Woher willst du das wissen?« fragte Ndula mißtrauisch.
»Du irrst dich ganz sicher, Peter«, sagte MacKenzie. »Ich habe jahrelang mit Anna Lessing zusammengearbeitet!«
»Nein, ich irre mich nicht«, behauptete Peter steif und fest. »Sie sagte, Mr. Kearney könnte Ian sofort identifizieren. Sie sagte, ihn könnten sie nicht täuschen.«
MacKenzie war verdutzt. »Aber das ist doch alles richtig. Das haben wir dir doch auch erzählt.«
»Ja, schon«, gab Peter zu, »aber wir haben Miss Lessing überhaupt nichts davon gesagt, daß es darum geht, ob Ian identifiziert werden kann! Wir haben doch gar nicht davon gesprochen, daß die Kidnapper zwei Jungen bei sich haben!« Er sah die beiden Afrikaner und Bob ernst an. »Wie kann sie also wissen, daß die Entführer nicht klar sehen und dazu erst Ian identifizieren müssen?«
Alle schwiegen betroffen. Der Aufzug hielt im Erdgeschoß, und alle traten hinaus. Endlich sprach Ndula.
»Er hat recht«, stellte der schwarze Afrikaner fest. »Wir sagten nur, daß die Kidnapper Ian bei sich haben und sich vermutlich in Los Angeles aufhalten. In den Telefongesprächen mit der Handelsvertretung erwähnten weder Gordon noch Kommissar Reynolds etwas von zwei Jungen.«
MacKenzie nickte. »Außerhalb von Rocky Beach weiß nur die Polizei von Los Angeles, daß es um zwei Jungen geht, und von dort hat niemand mit der Handelsvertretung gesprochen.«
»Nicht nur die Polizei, sondern auch die Entführer wissen, daß es um zwei Jungen geht!« sagte Peter. »Und das kann nur bedeuten, daß Miss Lessing heute in Los Angeles mit den Entführern in Verbindung war!«

»Aber«, wandte Ndula ein, »sie hat doch den ganzen Tag dienstlich mit Mr. Kearney verbracht!«
»Sagt *sie«,* entgegnete Peter.
»Mr. Kearney könnte ihre Angabe bestätigen«, sagte MacKenzie. »Ich kann mir nicht vorstellen, daß sie uns über ihren Tagesablauf Lügen auftischen würde.«
»Moment mal!« rief Bob. »Peter glaubt doch, er hätte in Mr. Kearneys Büro jemand reden gehört, ehe wir hineingingen. Wir dachten, er hätte sich getäuscht, weil doch Miss Lessing allein im Büro war. Aber sie hob ihren Ohrring vom Schreibtisch auf und legte ihn wieder an. Justus hat mir schon öfter gesagt, daß Frauen einen Ohrring abnehmen, wenn sie telefonieren! Vielleicht hat sie am Telefon mit den Entführern gesprochen! Ihr wißt doch noch, wie die Empfangsdame sagte, für Miss Lessing seien eine Menge Anrufe eingegangen. Bestimmt haben die Entführer den ganzen Tag über versucht, sie zu erreichen!«
»Mac«, rief Peter, »Sie sagten, Sie hätten jahrelang mit ihr zusammengearbeitet. Bedeutet das, daß sie auch mit Sir Roger zu tun hatte? Kennt sie selbst Ian gut genug, um ihn eindeutig identifizieren zu können?«
»Das kann ich nicht genau sagen.« MacKenzie runzelte die Stirn. »Sie war zwar jahrelang bei Sir Roger im Dienst, aber zu den Freunden der Familie, wie Kearney, gehört sie nicht. Immerhin könnte ihr etwas über Ian bekannt sein, womit sich beweisen ließe, welcher von beiden Jungen er ist. Zu dumm, sie könnte leicht auch Ians erste Mitteilung abgefangen haben.«
Sie liefen hastig auf den Parkplatz, um dem Kommissar ihre Überlegungen mitzuteilen.
»Die Kontaktperson der Extremisten in der Handelsvertretung ist also Miss Lessing!« rief Ndula erbittert. »Die nehmen wir uns vor! Sie muß uns alles –«
»Nein!« hielt ihn der Kommissar zurück. »Wenn sie mit den Extremisten unter einer Decke steckt, wird sie uns überhaupt nichts sagen. Aber sie hat sich immerhin die Mühe gemacht, euch fin-

gierte Adressen zu nennen, was vermutlich bedeutet, daß sie sich inzwischen zu ihren Komplizen absetzen will. Nun, dann wird sie uns zu ihnen führen!«

»Weil sie jetzt glaubt, wir seien alle losgezogen, um Mr. Kearney zu suchen«, sagte Peter.

»Ja. Ich werde die Kollegen hier bitten, dazubleiben und weiter auf Kearney zu warten«, beschloß der Kommissar. »Darauf fahren wir alle in meinem Wagen weg, so daß sie uns sehen kann. Wenn wir dann außer Sicht sind, machen wir kehrt, steigen in den Cadillac um und setzen uns auf ihre Spur. Einen Cadillac wird sie kaum beachten, nachdem sie uns im Polizeiauto wegfahren gesehen hat.«

Genau so lief alles ab. Fünfzehn Minuten später, als Anna Lessing allein aus dem Gebäude kam und in ihrem roten Pontiac wegfuhr, folgte ihr der schwarze Cadillac in vorsichtigem Abstand.

In dem dunklen Raum im Haus auf dem Berg saßen Justus und Ian schweigend an die Wand gelehnt. Sie waren nun schon seit vielen Stunden hier.

»Deine Freunde werden uns nicht finden«, sagte Ian. »Jetzt nicht mehr.«

»Doch! Das weiß ich!« widersprach Justus heftig.

Plötzlich ging das Licht an und blendete die Jungen für einen Augenblick. Dann sahen sie in dem kleinen Raum die beiden Entführer. Der untersetzte Walt trat zu Justus hin und riß ihm das Hemd auf. Dann nahm er sich Ian vor und machte es genau so.

»So«, sagte er. »Und damit ist das Spiel aus.«

Justus sah Ian an. Er hatte am Bauch eine kleine halbmondförmige Narbe. Und Justus hatte keine Narbe.

»Jetzt ab nach Nanda«, sagte der Komplize Fred und lachte.

Der rote Pontiac war an einem Steilhang in den Bergen von Hollywood in die Auffahrt zu einem kleinen Haus eingebogen. Er hielt an, und Anna Lessing lief ein paar Stufen zum Haus hinauf. Der

Cadillac, der ihr gefolgt war, parkte unbemerkt zwei Häuser weiter hinten am Randstein. Peter beugte sich über sein Signalgerät.
»Nichts«, sagte er enttäuscht. »Falls die Entführer nicht Justs Gerät entdeckt und abgestellt haben, sind sie nicht hier in der Nähe.«
»Könnten wir uns nicht auch irren, Jungs?« meinte Ndula.
»Nein, ich bin sicher, sie steckt mit ihnen unter einer Decke«, meinte Peter in voller Überzeugung.
»Ich auch«, sagte MacKenzie. »Gehen wir und schauen wir nach, was in diesem Haus zu finden ist.«
Sie stiegen aus dem großen Wagen und gingen wortlos zu dem kleinen Haus. Es war von dichtem Bewuchs aus hohen Bäumen, Schlingpflanzen und Buschwerk umgeben. Sie horchten vorn an der Haustür, hörten aber drinnen nichts außer dem Klicken von Anna Lessings Absätzen auf dem Holzfußboden. MacKenzie klingelte. Anna Lessing sah sehr überrascht aus, als sie die Tür öffnete.
»Unverschämt, hierherzukommen!« fuhr sie barsch auf. Dann lächelte sie gezwungen. Sie trat zurück und bat die Besucher in ein karg möbliertes Wohnzimmer. »Haben Sie Mr. Kearney gefunden? Haben ihn die Entführer angesprochen?«
»Wir haben ihn nicht gesucht«, sagte Ndula.
»Wir glauben gar nicht, daß die Männer Kearney suchen«, fügte MacKenzie hinzu.
»Wir müssen Sie darauf hinweisen, daß Sie das Recht haben, die Aussage zu verweigern«, sagte Hauptkommissar Reynolds. »Aber wenn Sie eine Aussage machen, kann alles, was Sie sagen, vor Gericht gegen Sie verwendet werden.«
»Wo sind die Jungen?« rief Peter. »Ian und Justus!«
»Wir wissen, daß Sie mit den Entführern gesprochen haben«, sagte Bob empört. »Wo sind sie? Was haben sie mit Justus und Ian gemacht?«
Anna Lessing machte große Augen. Sie hob abwehrend die Hände. »Ich weiß überhaupt nicht, wovon ihr da redet. Wer ist denn dieser Justus? Ich kenne keinen Justus. Und woher sollte ich wis-

sen, wo Ian sich aufhält? Haben Sie Kearney nicht gefunden?«
»Sie wissen genau, wer Justus Jonas ist«, sagte MacKenzie. »Und Sie wissen genau, was mit Ian geschehen ist, weil Sie an dieser Entführung beteiligt sind!«
»Beteiligt?« Sie starrte ihn an. »Ich? Sie meinen also, ich könnte Ian Carew in Gefahr bringen? Ich bin doch seit Jahren mit den Carews befreundet!«
»Ich glaube, Sie lügen, Miss Lessing«, sagte Ndula gelassen. »Kommissar, vielleicht sollten Sie sich hier mal genauer umsehen.«
»Erst wenn Sie einen Hausdurchsuchungsbefehl haben!« fauchte Miss Lessing. »Ach was – kommen Sie nur, ich habe nichts zu verbergen. Schauen Sie sich ruhig überall um. Ich erlaube es Ihnen! Sie enttäuschen mich schmerzlich, Mr. MacKenzie.«
»Enttäusche ich Sie auch, Miss Lessing?« sagte Ndula.
»Sie!« Ihr Gesicht verzerrte sich vor Abscheu, und dann lächelte sie. »O ja, Mr. Ndula, Sie erst recht.«
»Los, alle suchen«, befahl Hauptkommissar Reynolds.
Der Kommissar, Bob, Peter und Ndula verteilten sich in dem kleinen Haus. MacKenzie blieb bei Miss Lessing im Wohnzimmer.
»Das werden Sie noch bereuen, MacKenzie«, sagte sie. »Ich weiß nichts von den Entführern oder den beiden Jungen.«
»Woher wissen Sie, daß es zwei Jungen sind?«
»Sie sagten mir doch eben, da sei noch ein anderer Junge namens Justus?«
»Nein, wir erwähnten nicht, daß Justus ein Junge ist«, sagte MacKenzie. »Sollten Sie ihn tatsächlich nicht kennen, dann hätten Sie ebenso gut annehmen können, er sei ein Mann. Das ist schon der zweite Fehler, den Sie gemacht haben. Daß es zwei Jungen gibt, wußten Sie schon vorher in der Handelsvertretung, ehe wir Justus überhaupt erwähnten. Haben Sie Ian Carew für die Extremisten identifiziert?«
»Ich sage gar nichts mehr!«
Bob und Ndula kamen aus einem Zimmer im Hausinnern, und

Peter und Hauptkommissar Reynolds kehrten aus dem hinteren Teil des Gebäudes zurück. Bob trat vor Anna Lessing hin.
»Ich glaube, Sie müssen uns einiges erklären, Miss Lessing«, sagte der dritte Mann der drei ???.
»Muß ich mich von einem Halbwüchsigen belästigen lassen?« beklagte sich Anna Lessing bei MacKenzie.
»Wissen Sie«, sagte Bob. »Unser Freund Justus sagt immer, man müsse auf Kleinigkeiten achten. Er sagt, die Menschen verraten sich durch ihre Angewohnheiten. Sie sind aus Nanda, nicht wahr? Und einheimischer Schmuck gefällt Ihnen?«
»Was faselt denn der Junge da? Ich warne Sie, MacKenzie –«
Bob hielt die Hand hoch. Er zeigte einen kleinen Stoßzahn aus Elfenbein, in Gold gefaßt und mit einem Haken für ein durchstochenes Ohrläppchen versehen.
»Den habe ich in Ihrem Schlafzimmer gefunden, Miss Lessing. Es ist ein Ohrring aus Nanda, nicht wahr? In Ihrem Zimmer gab es nur den einen. Den anderen haben Sie nämlich verloren. Ich weiß das, weil wir ihn in dem Canyon gefunden haben, wo der Hubschrauber gelandet ist, um die Entführer an Bord zu nehmen.«
Anna Lessing starrte auf den kleinen Zahn und wurde blaß.
»Justus sagt, daß eine Frau ganz selten einen Ohrring wegwirft, wenn sie den zweiten verliert«, sagte Bob. »Sie machen das auch nicht anders, und das beweist, daß Sie zu den Gegnern von Sir Roger Carew gehören. Außer der Polizei und uns waren nämlich nur drei Menschen in dem Canyon – die beiden Entführer und der Hubschrauberpilot! Sie haben den Hubschrauber geflogen!«

Triumphiert doch noch der Gegner?

»Mann«, ging es Peter auf, »das könnte sie tatsächlich gewesen sein, mit Brille und Fliegerkombination!«
»Wir werden schon herausbekommen, ob sie einen Pilotenschein hat«, sagte der Kommissar.
»Und die Leute von der Hubschraubervermietung müßten sie an der Stimme wiedererkennen«, fügte MacKenzie hinzu.
»Den passenden Stoßzahn haben wir jedenfalls auch«, schloß Ndula.
Anna Lessing starrte ihre Widersacher an. Haß und Wut spiegelten sich auf ihrem Gesicht. Dann lachte sie.
»Also gut! Ich habe den Hubschrauber geflogen, und ich gehöre zu ihnen! Schon immer. Ich trete für ein sicheres, freies, zivilisiertes Nanda ein!«
»Frei für wen, Miss Lessing?« fragte Ndula ruhig.
»Nicht für Sie!« erwiderte die Frau aufgebracht. »Nanda gehört den Weißen, die es besiedelten, bebauten und seit zweihundert Jahren bewohnen!«
»Und wir leben dort schon seit zweitausend Jahren«, sagte der schwarze Afrikaner. »Sie haben Ihre Bauten mit unserer Arbeitskraft errichtet, und dafür haben Sie uns in unserer eigenen Heimat zu Sklaven gemacht. Wir werden Ihnen in unserem Land einen Platz zuweisen und für ein freies Nanda zusammenarbeiten, aber es ist und bleibt unser Land.«
»Niemals!« fuhr Anna Lessing auf. »Wir haben uns Nanda untertan, es ist unser Besitz und wir werden ihn behalten!«
Der Kommissar mischte sich ein. »Ihre Politik ist Ihre Angelegenheit, und Ihre Meinungsverschiedenheiten können Sie in Nanda austragen. Aber hier ist nicht Nanda, und Sie haben zwei Jungen entführt. Die Entführer waren hier, oder etwa nicht? Wo sind sie jetzt? Wo sind Ian und Justus?«

»Ja, Walt und Fred waren hier.« Anna Lessing lachte. »Aber sie sind wieder gegangen! Sie kommen zu spät!«
»Wo sind sie?« fragte MacKenzie.
»Das werden Sie von mir nie erfahren. Ian ist in unserer Hand, und Sir Roger wird tun müssen, was wir verlangen.«
»Nein, Miss Lessing. Er tut nicht alles, was Sie wollen«, sagte MacKenzie. »Was Sie ihm auch androhen, er wird seine Pflicht für Nandas Zukunft tun. Was Sie fordern, würde in einem blutigen Bürgerkrieg enden, und das wird Sir Roger nie zulassen.«
»Sie glauben, er wird für die Interessen eines unzivilisierten Negerstammes das Leben seines einzigen Sohnes aufs Spiel setzen?«
»Ja«, sagte Ndula. »Das wird er tun.«
»Niemals! Er wird zwangsläufig Vernunft annehmen und einsehen, daß er ein Weißer ist und zu uns gehört!«
Hauptkommissar Reynolds sagte: »Ich weiß nicht, was in Nanda geschehen wird, aber jedenfalls werden Sie nicht dabei sein, wenn Sie uns jetzt nicht unterstützen. Entführung ist eine sehr schwerwiegende Anklage. Sie werden mildernde Umstände bekommen, wenn Sie uns helfen, die beiden Jungen zu befreien.«
»Wir sind keine Entführer, sondern Frontkämpfer! Dies ist eine politische Aktion, und es ist für Sie aussichtslos, Fred und Walt jetzt zu finden! Und ebenso aussichtslos, Ian Carew oder diesen dummen jungen Jonas zu befreien!«
Sie lachte ihm ins Gesicht. Die beiden Afrikaner, der Kommissar und Peter schauten einander in heller Verzweiflung an. Wie sollten sie je die Entführer aufhalten und Ian und Justus finden, wenn die Frau nicht reden wollte? Nur Bob wirkte ganz besonnen. Er sah sich Anna Lessing nachdenklich an. Diesmal stand er nicht im Schatten von Justus – diesmal ging es um Justus! Bob stellte sich die Frage, wo Justus zur Zeit sein könnte. Hatte etwa Anna Lessing seinen Doppelgänger Ian identifiziert? Und was war anschließend mit Justus geschehen?
»Wenn die Entführer nicht hier waren, als Miss Lessing heimge-

fahren ist«, sagte Bob langsam, »dann muß sie ihnen am Telefon gesagt haben, wie man Ian erkennen kann!«
»Natürlich habe ich es ihnen erzählt.« Anna Lessing lachte. »Ganz einfach an einer kleinen Narbe. Ian ist vor einigen Jahren am Blinddarm operiert worden.«
»Wenn das so ist«, fuhr Bob fort, wieder zu den Männern gewandt, »warum ist sie dann so überstürzt wieder hierhergekommen? Sie hatte doch den Entführern die nötige Information gegeben, so daß sie wußten, welcher Junge Ian ist, und folglich müssen sie sich mittlerweile auf der Flucht befinden. Warum aber hat Miss Lessing frühzeitig Dienstschluß gemacht und ist hierhergekommen?«
»Bob hat recht!« rief Hauptkommissar Reynolds. »Es war nicht unbedingt nötig, daß sie überhaupt hierherkommt.«
»Das ist mein Haus«, fuhr Anna Lessing auf. »Warum sollte ich nicht nach Hause gehen?«
»Ja, aber weshalb so überstürzt?« sagte Bob. »Ich kann daraus nur ableiten, daß die Entführer hier etwas hinterlassen haben, das bewacht werden muß. Zum Beispiel Justus!«
»Justus?« Der Kommissar zog die Brauen hoch.
»Ja!« rief Ndula. »Justus hätten sie nach Nanda auf keinen Fall mitgenommen. Sie wissen ja nun, welcher Junge wirklich Ian ist! Es wäre ein unnötiges Risiko, zwei Jungen mitzunehmen!«
»Also muß Justus hier in der Nähe sein!« rief Peter.
»Durchsucht noch einmal das Haus!« befahl der Kommissar.
Während Ndula bei Anna Lessing blieb, gingen die anderen zum zweiten Mal durch das kleine Haus und suchten jeden Raum und jeden Einbauschrank ab. Es dauerte nicht lange. Von Justus fanden sie keine Spur.
»Schaut mal draußen nach«, drängte MacKenzie. »In der Garage, in irgendeinem Schuppen vielleicht.«
Anna Lessing stand lächelnd da, als die Suche wieder losging. Beim Haus gab es einen kleinen Schuppen und eine Garage. Im Schuppen war nur Gartengerät zu finden, in der Garage über-

haupt nichts. Peter kletterte sogar den Hang hinter dem Haus hinauf, aber er fand nichts, das auf Justus hindeutete.
Als sie alle wieder im Haus waren, höhnte Anna Lessing: »Ich sagte Ihnen ja, Sie würden ihn nicht finden. Geben Sie sich geschlagen, MacKenzie! Und in Nanda werden wir Sie und Sir Roger und die übrigen Feiglinge auch noch schlagen!«
»Weitersuchen!« befahl Hauptkommissar Reynolds.
In dem kleinen Haus wurde es allmählich dunkel. Der üppige Pflanzenwuchs ringsum schirmte die Strahlen der späten Nachmittagssonne ab. Der Suchtrupp schaltete die Lampen ein, um unter die Betten und in die dunklen Schränke schauen zu können.
»Herr Kommissar!« rief da Peter.
Kaum hatten sie Licht gemacht, begann es zu flackern!
»Was ist das?« meinte Ndula verwundert. »Ein Stromausfall?«
Das Licht flackerte immerzu – an, aus, an, aus.
»Nein, es ist ja schönes Wetter«, sagte Bob langsam. »Kein Gewitter, kein Sturm. Und übermäßig heiß ist es auch nicht, also ist nicht anzunehmen, daß die Leitungen mit den Klimaanlagen überlastet sind.«
Wieder Geflacker, in kurzen, regelmäßigen Abständen.
»Als ob jemand das absichtlich macht«, sagte MacKenzie. »Jemand, der an einem Hauptschalter oder einer Sicherung herumfummelt oder –«
»Justus!« rief Peter. »Ist doch klar! Justus versucht uns Zeichen zu geben! Er steckt hier irgendwo!«
»Aber wo? Wir haben doch überall nachgeschaut!« meinte der Kommissar.
»Da, seht doch – sie weiß es!« Bob zeigte auf Anna Lessing. Jetzt lächelte die Frau nicht mehr.
»Herr Kommissar«, sagte Peter. »Dieses Haus ist an einem steilen Hang erbaut! Hinten ist das Fundament auf der Höhe des Erdreichs, aber dic Fassade ruht auf Stützpfeilern. Unter dem Haus muß es also Raum geben. Vielleicht ist da ein verborgener Keller?«

Peter lief ins Freie hinaus und kam gleich darauf zurück.
»Das Haus ist auf ein Betonfundament gesetzt wie eine große Schachtel«, meldete er. »Aber in den Keller führt von außen keine Tür.«
»Dann muß es innen eine geben«, erklärte Bob.
»Zieht mal alle Teppiche weg«, ordnete der Kommissar an. »Schaut nochmal unter die Betten. Und versucht es auch in den Schränken!«
Im größten der eingebauten Schlafzimmerschränke wurde Bob fündig. Da gab es im Boden eine Luke mit einer schmalen Leiter, die in die Dunkelheit hinunterführte.
»Da, an der Innenwand im Schrank ist ein Lichtschalter«, sagte Peter.
Bob drückte darauf, und unten in dem Kellerraum ging ein flakkerndes Licht an. Die beiden Jungen stiegen hastig über die steile Leiter in einen kleinen fensterlosen Raum hinunter. Da gab es Weinflaschen, abgestellte Möbelstücke und ...
»Justus!« rief Bob.
»Mann, Just!« schrie Peter.
Der Anführer der drei ??? lehnte im Sitzen gegen die Wand des kleinen Kellerraums, die Hände auf dem Rücken gefesselt und einen Knebel im Mund, und mit einem Fuß trat er gezielt und bedächtig immer wieder gegen den Hauptschalter an einem altmodischen Sicherungskasten! Jedesmal, wenn er mit der Schuhspitze kräftig an den Schalthebel stieß, flackerte das Licht!
»Wir wußten, daß das Flackern ein Signal von dir ist!« jubelte Peter.
Bob entfernte rasch den Knebel und löste Justs Handfesseln.
»Na, es wurde auch langsam Zeit«, sagte der Erste Detektiv verdrossen. »Ich konnte euch in der letzten Stunde da oben allesamt hören. Ich dachte schon, ihr würdet nie herausbekommen, wo ich bin.«
»Ach, weißt du, Just«, fing Peter niedergeschlagen an. »Wir dachten doch –«

»Wenn du dich für so schlau hältst«, sagte Bob hitzig, »dann kannst du ja –«
Justus grinste. »Ihr habt's doch gut gemacht, Freunde! Sagt mir, wie ihr hierhergekommen seid!«
Peter und Bob erklärten schnell, wie eine Kette von Überlegungen sie zu Anna Lessings Haus geführt hätte.
»Gute Detektivarbeit, Freunde!« Justus strahlte. »Ich hätte das auch nicht besser gekonnt.«
Erfreut über das Lob des Ersten Detektivs halfen Bob und Peter Justus die steile Leiter hinauf und geleiteten ihn ins Wohnzimmer, wo der Kommissar, MacKenzie und Ndula ihm erleichtert auf die Schulter klopften.
»Tut das gut, dich zu sehen, Justus«, meinte MacKenzie.
»Du solltest stolz auf Peter und Bob sein!« setzte der Kommissar hinzu.
»Bin ich ja auch«, bestätigte Justus. Dann schaute er sich rasch um. »Aber wo ist denn Ian? Konnten die Entführer denn flüchten?«
Ndula nickte. »Ich fürchte es.«
»Ihr habt euren Freund, den kleinen Dummkopf, gefunden«, sagte Anna Lessing mit einem bösartigen Lachen, »aber ihr habt so viel Zeit vertan, daß ihr Walt und Fred nun nicht mehr einholt! Wir haben Ian Carew erwischt, und ihn findet ihr nun nicht mehr!«
Nur Justus ließ sich von Anna Lessings triumphierenden Worten nicht aus der Ruhe bringen. Der Erste Detektiv lächelte.
»Moment mal«, sagte er. »Da wäre ich nicht so sicher.«

Der Fluchtplan

Hauptkommissar Reynolds verständigte die Polizei in Los Angeles, und Anna Lessing wurde wegen Beihilfe zur Kindesentführung festgenommen. Dann wurde nach Justs Informationen über Funk noch die Polizei von San Diego benachrichtigt, und der Cadillac der Afrikaner startete in südlicher Richtung, zur mexikanischen Grenze. Ndula lenkte den großen Wagen.

»So, junger Mann«, sagte der Kommissar. »Und wie sollen wir nun die Entführer daran hindern, mit Ian zu entkommen?«

»Tja, ich bin nicht sicher, daß wir das schaffen«, gab Justus zu, »aber ich finde, wir haben eine ganz gute Chance. Nachdem die Entführer Ian an seiner Narbe identifiziert hatten, brachten sie ihn ins Obergeschoß, und ich hörte, wie sie ein Telefongespräch führten.«

»Mit wem, Justus?« fragte Peter.

»Mit ihren Bundesgenossen, nehme ich an – in Tijuana, Mexiko«, erklärte Justus. »Sie teilten mit, sie hätten diesmal wirklich Ian, und die Flucht werde genau nach Plan durchgeführt.«

»Was denn für ein Plan?« fragte Kommissar Reynolds.

»Das weiß ich nicht«, sagte Justus. »Dazu äußerten sie sich nicht.«

»Wie können wir dann hoffen, daß –« fing MacKenzie an.

»Allerdings sind mir drei wichtige Dinge bekannt«, fuhr Justus fort. »Die Entführer sind Punkt zehn Uhr heute abend dicht hinter der mexikanischen Grenze bei Tijuana verabredet, und das wäre dann der nächste Abschnitt ihres Fluchtplans. Zweitens: genau bei Tijuana werden sie die Grenze überqueren.«

»Ja, und wann denn, Justus?« fragte der Kommissar. »Sie könnten ja jederzeit über die Grenze und drüben in Mexiko bis zu dem Zusammentreffen warten.«

»Das ist der dritte wichtige Punkt, den ich mitbekommen habe.

Sie sagten, sie hätten in San Diego etwas zu erledigen und würden dort Station machen, bis es Zeit für das Treffen hinter der Grenze ist. Also werden sie heute abend erst kurz vor zehn Uhr über die Grenze gehen!«

»Und dort werden wir sie abfangen!« rief MacKenzie. »Gute Arbeit, Justus!«

»Da brauchen wir ihren weiteren Plan gar nicht zu kennen, und auch die Leute, mit denen sie sich in Mexiko treffen, interessieren uns nicht«, sagte Hauptkommissar Reynolds. »Wir werden sie nämlich noch auf unserer Seite der Grenze festnehmen.«

»Genau das, Sir«, erklärte Justus.

»Du, Just –« sagte Bob bedächtig. »Ob die wohl mit Ian im Auto über die Grenze kommen? Wäre es nicht riskant für sie, offen durchzufahren? Müßten sie sich nicht tarnen oder irgendwie als blinde Passagiere mit herüberkommen?«

»Er hat recht, Just!« rief Peter. »Sie müssen mittlerweile damit rechnen, daß die Polizei ihnen auf der Spur ist und die Grenze überwacht wird. Sie müssen sich klarmachen, daß MacKenzie und Ndula die Polizei verständigen, gleichgültig ob man uns Jungen gefunden hat oder nicht.«

»Aber«, sagte MacKenzie voll Unbehagen, »wenn sie sich tarnen oder verstecken, wie finden wir sie dann?«

»Das gehört ja zu unseren normalen Aufgaben«, sagte der Kommissar. »Wir sind darin geschult, Tarnungen zu durchschauen und Verstecke ausfindig zu machen. Jedenfalls ist dieses Problem zu lösen, wenn wir es vor uns haben.«

Justus nickte nur nachdenklich, als der große Wagen nach Süden weiterbrauste. Es war schon dunkel, als sie kurz nach neun Uhr in San Diego ankamen. Sie stießen unterwegs noch auf zwei Streifenwagen der Polizei von San Diego und fuhren schleunigst weiter zum Hauptgrenzübergang.

»Wir haben gerade noch eine halbe Stunde Zeit«, bemerkte Justus, als er auf die Uhr sah. »Danach ist zu erwarten, daß die Entführer die Grenze überqueren werden.«

»Ja«, sagte Peter verzweifelt, »und außerdem tausend andere Reisende!«
Lange Reihen von Personenwagen, Lastwagen und Bussen fuhren auf mehreren Fahrstreifen zum Grenzübergang! Jede Spur war Stoßstange an Stoßstange mit Fahrzeugen vollgepackt, die unablässig durch die Kontrollstellen geschleust wurden und nach Mexiko einfuhren.
»Wie wollen Sie bei diesem Massenbetrieb gezielt suchen, Kommissar?« fragte MacKenzie ungläubig.
»Die Polizei von San Diego hat die Personenbeschreibung an alle Grenzposten ausgegeben«, erklärte Hauptkommissar Reynolds. »Außerdem Kennzeichen und Äußeres ihres Fahrzeugs und eine Beschreibung von Ian. Die mexikanische Polizei verfügt ebenfalls über all diese Daten und ist über das geplante Treffen hinter der Grenze unterrichtet. Sie werden auf jeden achten, der sich drüben irgendwie verdächtig aufführt, obwohl ich zugeben muß, daß ihre Chance nur gering ist.«
»Wieso, Herr Kommissar?« fragte Bob.
»Weil die Reisenden, die von Mexiko in die Vereinigten Staaten kommen, gründlicher überprüft werden als Leute, die nach Mexiko einreisen. Also gibt es da drüben eher Verzögerungen und Durcheinander.«
»Und was sollen wir machen, Kommissar?« fragte Ndula.
»Abwarten und aufpassen.«
Sie parkten am Straßenrand, wo sie alle Fahrspuren überblicken konnten. Einer der Polizeiwagen aus San Diego parkte bei der mittleren Kontrollstelle, der andere an der gegenüberliegenden Straßenseite.
Und dann war es zehn Minuten vor zehn!
»Schaut mal!« MacKenzie zeigte auf ein Auto. »Da ist ein blauer Lincoln!«
Sie alle saßen in Hochspannung auf ihren Sitzen, als der große blaue Wagen langsam den Kontrollpunkt anfuhr. Der Grenzbeamte schaute aufmerksam ins Innere des Wagens. Ein Polizist aus

San Diego stand einsatzbereit hinter ihm. Dann richtete sich der Grenzbeamte auf und winkte den großen Wagen durch!
»Das waren sie also nicht«, sagte Peter niedergeschlagen.
»Es sei denn, sie waren zu gut getarnt«, sagte Ndula.
»Ich glaube nicht, daß irgendeine Tarnung oder Verkleidung von Nutzen wäre«, sagte der Kommissar. »Die Kontrolleure werden jeden Wagen mit einem Jungen von Ians Größe sorgfältig durchsuchen. Verkleidungen helfen nicht viel, wenn die Polizei nach einer bestimmten Anzahl und Zusammensetzung von Wageninsassen fahndet.«
»Aber damit müssen die Entführer doch rechnen«, meinte Bob. »Ich nehme an, daß eine Gruppe von zwei Männern, einer groß und einer untersetzt, mit einem dermaßen molligen . . . ja, also – hm – stämmigen Jungen, besonders sorgfältig überprüft wird?«
Justus nickte. »Ich denke schon, Kollege. Deshalb glaube ich, daß sie versuchen werden, besonders gut getarnt herüberzukommen. Vielleicht in einem Transportmittel, das regelmäßig über die Grenze kommt, und das kaum Verdacht erweckt.«
»So was etwa?« rief MacKenzie.
Zwei Busse näherten sich der Grenze. Die Polizei von San Diego ließ sie anhalten, und in beide Fahrzeuge stiegen Beamte ein. Die Zuschauer im Cadillac beobachteten, wie die Polizisten aufmerksam im Mittelgang der Busse entlangschritten. Dann sahen sie die Beamten wieder aussteigen, und die beiden Busse bekamen ebenfalls freie Fahrt nach Mexiko.
»Unsere Aussichten sind gering, fürchte ich«, sagte Ndula.
»Hoffen wir trotzdem«, sagte Justus beklommen, als er auf die langen Reihen der Fahrzeuge blickte, die über die Grenze fuhren. Es war zwei Minuten vor zehn!
»Ich glaube, sie sind uns entwischt«, sagte der Kommissar mit einem Kopfschütteln. »Wir sollten lieber die mexikanische Polizei verständigen, damit sie die Zusammenkunft drüben ausfindig machen können. Sie –«
Im Cadillac ertönte ein vernehmliches Piepsen! Alle zuckten zu-

sammen und schauten auf Peter. Es kam aus seiner Hemdentasche!
»Mein Signalgerät!« rief Peter.
»Stell es ab, Peter«, sagte der Kommissar. »Wir müssen –«
»Nein!« Justus grinste. »Nimm es nur heraus, Peter. Sieh nach, was es anzeigt! Wir alle schauen auf die Autos und stellen fest, ob irgendwelche verdächtig aussehen! Die Entführer sind jetzt ganz in unserer Nähe!«
Peter blickte unverwandt auf das kleine Gerät. Der Pfeil auf der Anzeigeskala wies direkt auf die Fahrzeugschlangen. Alle schauten aufmerksam auf die langsam dahinrollenden Fahrzeuge. Nur gab es darunter keinen blauen Lincoln, und nun auch keine Busse mehr – nur reihenweise Autos und vier oder fünf Lastwagen und Transporter.
»Kommt mal mit!« drängte Justus.
Sie stiegen hastig aus dem Cadillac und gingen im Zickzack quer durch die langsam vorwärtsrollenden Fahrzeugschlangen. In der mittleren Spur war ein zerbeulter Lastwagen mit mexikanischem Kennzeichen und einer spanisch abgefaßten Reklameschrift auf beiden Seiten. Danach zu schließen, gehörte er einer mexikanischen Gemüsefarm. Als sich der Wagen der Kontrollstelle näherte, zeigte der Pfeil geradewegs auf dieses Fahrzeug.
»Der da ist es!« rief Justus. »Schnell hin!«
Der Kommissar erreichte als erster den Lastwagen, der gerade an der Kontrollstelle anhielt. Der Grenzer hob schon die Plane hinten an der Pritsche hoch. Er schaute hinein, schüttelte den Kopf und machte den Polizisten aus San Diego ein Zeichen, sie sollten den Lastwagen durchlassen.
»Nein!« rief Justus. »Sie sind in diesem Wagen!«
Der Grenzbeamte schüttelte den Kopf. »Tut mir leid, Junge, vorn im Führerhaus ist niemand außer dem mexikanischen Fahrer, und die Pritsche ist leer.«
»Das kann nicht sein«, widersprach Justus. »Hört doch alle her, unser Signalgerät piepst mit voller Lautstärke!«

Das laute Piepsen in der Nacht übertönte noch den Verkehrslärm. Der Kommissar und Ndula hoben noch einmal die Segeltuchplane hinten an der Pritsche hoch. Der Laderaum war völlig leer!
»Das Gerät funktioniert nicht richtig«, meinte MacKenzie.
Justus spähte in den leeren Innenraum. Dann trat er an die Seite und untersuchte das Äußere des Wagens. Seine Augen leuchteten auf. »Nein, Mac, das Gerät arbeitet präzise! Schauen Sie, die Außenseite der Pritsche ist mindestens 1,20 m länger als der Innenraum. Das da innen an der Vorderseite ist eine doppelte Wand!«
Zwei Polizisten aus San Diego und Kommissar Reynolds sprangen auf die Pritsche. Der Kommissar inspizierte die Trennwand zum Führerhaus und schüttelte den Kopf.
»Da gibt es aber keine Tür, Justus.«
»Nein, die Entführer sind ja nicht dumm. Sie müssen die Wand eingesetzt haben, nachdem sie von hinten eingestiegen waren! Deshalb der Aufenthalt in San Diego! Man muß nur die falsche Wand entfernen!«
»Vorsicht,«, warnte Ndula. »Die Männer sind bewaffnet!«
Kommissar Reynolds bedeutete den Polizisten, sich flach gegen die Seitenwände des Lastwagens zu drücken. Er zog seine Dienstpistole. »Hören Sie, wir wissen, daß Sie da drinnen sind! Sie sind von allen Seiten umstellt. Treten Sie die Wand ein und kommen Sie mit erhobenen Händen heraus!«
Dann herrschte Stille, nur unterbrochen durch das dumpfe Brausen des nicht abreißenden Verkehrsstroms und das laute Piepsen des Signalgeräts bei Peter.
Aus dem Lastwagen drang der Laut splitternden Holzes. In die Wand wurde ein Loch gestoßen, und Walt und Fred traten mit hoch über den Kopf erhobenen Händen kleinlaut hervor. Da fiel Walts Blick auf Justus.
»Du! Wie haben sie dich so schnell gefunden? Wie zum Teufel habt ihr diesen Wagen gefunden?«
»Ruhe da!« knurrte der Kommissar. Er nahm den beiden die Pistolen ab.

Die Polizisten aus San Diego fanden Ian gefesselt und geknebelt in dem verborgenen Abteil und befreiten ihn rasch. Er kam strahlend heraus.
»Ach, Freunde, bin ich froh, daß ihr da seid! Wie habt ihr das bloß geschafft?«
»Ja, wie nur, Justus?« rief Ndula. »Das Signal gab uns Bescheid, gewiß, aber wie hast du dein Notrufgerät in diesen Wagen praktiziert? Du hattest ihn doch vorher noch nie gesehen?«
»Ich hab' das Gerät nicht an dem Wagen angebracht«, sagte Justus mit verschmitztem Lächeln. »Das haben sie selber getan!«
»Was, sie selber?« riefen Peter und Bob einstimmig.
»Wißt ihr noch, wie ich Fred in unserer Werkstatt auf die Wanze in Ians Hemdentasche aufmerksam machte?« fragte Justus. »Also, das tat ich, weil ich mein Signalgerät in der Hosentasche hatte und mir daran lag, daß er zuerst Ian durchsuchte. Und als Fred sich dann von Ian wieder abwandte, stand ich so dicht hinter ihm, daß er mich anstoßen mußte – und während ich stolperte und mich an ihm festhielt, steckte ich ganz schnell mein Gerät in seine Jackentasche!«
Der Erste Detektiv strahlte in die Runde. »Fred hatte nun das Gerät die ganze Zeit in der Tasche. Deshalb konnten er und Walt mich schon mal nicht damit erwischen! Der Piepser war noch abgeschaltet, also war nichts zu hören. Und das blinkende Lämpchen konnte keiner sehen – wenn es überhaupt je blinkte –, weil Freds Jacke aus so dickem Stoff ist und er allein vorn auf dem Fahrersitz saß!«
Walt warf Fred einen vernichtenden Blick zu. »Du Vollidiot!«
Fred wehrte sich wütend: »Du Blödmann! Alles deine verflixte Idee!«
»Abführen«, sagte der Kommissar voll Abscheu.
Als erbitterte Streithammel wurden die beiden Komplizen abgeführt. Kommissar Reynolds wandte sich mit ernster Miene an Justus. »Das mit dem Signalgerät hättest du uns aber sagen müssen, Justus.«

»Ich war doch nicht sicher, ob es klappt, Sir, und ich wollte nicht, daß Sie nun damit rechnen und dann andere Methoden, die Männer zu finden, nicht mehr so wichtig nehmen«, erklärte Justus. »Die Entführer hätten das Gerät immerhin entdecken können, oder sie hätten sich vielleicht umziehen können. Aber ich glaube, die waren einfach zu beschäftigt, und so hat die Sache funktioniert!«

Der Kommissar lächelte. »O ja, das kann man wohl sagen. Sehr gute Arbeit von euch Jungs!«

Da strahlten die drei ???, und auch Ian, nun in Sicherheit und nicht länger der eingeschüchterte Flüchtling, sah man die Freude an.

»Jetzt kann mein Vater seine Arbeit fortführen«, sagte Ian.

Er und Justus lachten um die Wette, Seite an Seite, ein molliges Zwillingspärchen.

Alfred Hitchcock beliebt zu scherzen

Einige Tage später besuchten die drei ??? Alfred Hitchcock in seinem geräumigen Büro bei der Filmgesellschaft. Der berühmte Regisseur hörte sich aufmerksam an, was die Jungen alles über die Geschichte von Ian Carews Befreiung zu berichten wußten.
»Gut gemacht«, lobte der Regisseur mit dröhnender Stimme, als sie fertig waren. »Da habt ihr euch wirklich als Profis erwiesen. Meinen Glückwunsch!«
»Vielen Dank, Sir«, erwiderte Justus, eine Spur selbstgefällig.
»O ja« – der große Filmemacher nickte nachdenklich – »jeder von euch hat außerordentliches Geschick, logisches Denken und scharfe Beobachtungsgabe bewiesen. Man könnte wirklich sagen«, und in seine Augen trat ein boshaftes Funkeln, »daß in diesem Fall die Assistenten einmal noch gewitzter vorgegangen sind als ihr unvergleichlicher Partner und Anführer! Ein besonderes Plus für euch, Bob und Peter.«
Peter und Bob grinsten, und während Justus die Röte ins Gesicht stieg, hielt Peter flink den zierlichen Stoßzahn aus Elfenbein und Gold hoch, der Anna Lessing überführt hatte.
»Wir dachten, Sie hätten das gern als Andenken an diesen Fall, Sir«, sagte Peter.
Der beleibte Regisseur nahm den Ohrring gemessen entgegen.
»Den werde ich hüten, zusammen mit all meinen anderen geschätzten Souvenirs aus euren Abenteuern. Aber wie sieht das fernere Schicksal dieser Schurken aus? Werden sie für ihre Untaten angemessen bestraft?«
»Na ja«, sagte Justus, noch immer ein wenig beleidigt, »sie hätten zu ungewöhnlich langen Haftstrafen verurteilt werden können, denn Kindesentführung ist eine sehr schwerwiegende Anklage.«
»Das möchte ich meinen!« sprach Alfred Hitchcock mit Donnerstimme. »Es ist ein abscheuliches Verbrechen!«

»Gewiß, Sir«, bestätigte Justus, »aber in diesem Fall handelte es sich ja um eine Geiselnahme aus politischen Motiven, und die Beteiligten sind ausländische Staatsbürger. Die Behörden haben daher entschieden, die Entführer nach Nanda auszuweisen, statt sie hier einzusperren. Die Regierung von Nanda wird ihnen ihre Strafe zudiktieren.«
»Gestern fanden in Nanda Wahlen statt«, setzte Bob hinzu, »und das Ansehen der Extremisten hatte durch die Entführung so sehr gelitten, daß Sir Roger mühelos die Mehrheit errang. Das bedeutet einen großen Schritt voran zugunsten des Plans von Sir Roger, die Unabhängigkeit für Nanda mit einer Mehrheitsregierung der schwarzen Bevölkerung zu erzielen.«
»Sir Roger hat angekündigt, daß er die Entführer in einigen Jahren amnestieren werde«, sagte Peter, »wenn sie sich gut führen und künftig die Interessen der Mehrheit vertreten.«
»Eine kluge Entscheidung.« Mr. Hitchcock nickte. »Ihr Verbrechen entsprang ja im Grunde fehlgeleitetem Eifer aus politischer Überzeugung. Sie glaubten sich im Recht und dadurch zu allem berechtigt. Leider ist diese Einstellung in der heutigen Welt sehr verbreitet, und die einzige Abhilfe ist, daß wir es lernen, alle miteinander in Frieden zu leben und zu arbeiten.«
»Ja, Sir«, sagten die Jungen einmütig.
»Dann können wir diesen Fall als abgeschlossen betrachten«, stellte Alfred Hitchcock fest.
»Nun ja«, meinte Peter, »eines ist noch ein Problem für uns. Wir haben noch keinen guten Titel für diesen Fall. Vielleicht können Sie uns dabei helfen, Sir?«
»Aber gern! Ja, da wüßte ich etwas – wie wäre es mit ›Die drei ??? und das doppelte Verhängnis‹?«
»Ja, das ist gut!« sagte Bob. »Fast hätte sich dieser Fall zum Verhängnis für Ian *und* Justus entwickelt!«
»So meinte ich das eigentlich nicht«, sagte Mr. Hitchcock mit einem Augenzwinkern. »Doppeltes Verhängnis wäre über mich und meine geplagten Mitmenschen hereingebrochen, wenn der

Anschein zur Tatsache geworden wäre – wenn es diesen vermaledeiten Justus Jonas wirklich zweimal leibhaftig gäbe!« Der große Regisseur lachte gutmütig, als er in Justs empörtes Gesicht sah.

Justus reckte mit gesundem Selbstbewußtsein den Hals. »Das, Sir«, sagte der wohlgepolsterte Erste Detektiv steif, »war aber ein ziemlich schlechter Scherz.«

»Ja, ich sehe es ein, entschuldige bitte. Als Buße werde ich versprechen, auch diesen Fall als Buch in meiner Serie zu veröffentlichen.«

Da strahlten die Jungen den großen Regisseur an. Sie bedankten sich und nahmen Abschied. Alfred Hitchcock mußte noch etliche Male über seinen Scherz lächeln. Doch im übrigen empfand er es als außerordentlich beruhigend, daß Justus Jonas' Doppelgänger verhältnismäßig rasch wieder aus dem Aktionsbereich der drei ??? entschwunden war.

Bitte beachten Sie
die folgende Seite

Die Freunde Anne, Mexi, Cassius und „der Graf" haben sich zur Ökobande zusammengeschlossen. Wo immer sie Umwelttätern oder gewissenlosen Gangstern auf die Schliche kommen, nehmen sie engagiert und trickreich die Spur auf. Die vier Naturschützer und Tierfreunde meinen es ernst mit dem Umweltschutz, sie halten zueinander und haben viel Spaß dabei. In dieser Krimi-Reihe von Hans Joachim Alpers sind bereits mehrere Bände mit spannenden, turbulenten und witzigen Abenteuern der Ökobande erschienen.

Jeder Band mit 128 Seiten.
Erhältlich in jeder Buchhandlung.

Schokoladenverschwörung

Tatort Nordsee

Geheimnis der leeren Bücher

Mord am Wald

Der Berg rutscht

Die Müll-Mafia

Geheimnisvolle Transporte

Franckh-Kosmos · Stuttgart